師資相承

石田波郷と石塚友二

大石悦子

角川書店

師資相承——石田波郷と石塚友二

目次

I 波郷から友二へ

II 「鶴」をめぐる交わり

Ⅲ 友二、人と俳句

装丁　南　一夫

Ⅰ　波郷から友二へ

今生の花

この春（平成十八年＝二〇〇六）は桜の咲くころになって気温の低い日が続き、私の住む京阪地方の桜も大幅に開花が遅れた。

例年、気象庁から桜の開花予想が発表されると、ことしはどこの花を見ようかなどと心ときめくのだが、一向にはかばかしくない花便りに気の揉《も》める日が続いた。

夜桜やうらわかき月本郷に　石田　波郷
今生の今日の花とぞ仰ぐなる　石塚　友二

これは「花」というと決まって口をついて出る、私の二人の先師の句である。

石田波郷は若くして「馬酔木《あしび》」の巻頭を占め、それを契機に俳句で身を立てるべく上京した。水原秋桜子の庇護のもとに俳句一筋の生活を始め、清新で魅力ある多くの青春詠を発表し注目を浴びた。

掲句は、上京後数年を経た昭和十三年（一九三八）、波郷二十五歳の作。駘蕩《たいとう》とした春の夜の景とともに、やや気負った青年波郷の匂い立つような姿が思われる。

花ちるや瑞々しきは出羽の国　　波郷

やや後年に詠まれた、端正で美しい調べのこの花の句も忘れられない。こちらの方がよく知られているかもしれない。春の遅いみちのくの桜も終わりのころの、颯々《さつさつ》とかぐわしい風の吹き渡る彼の地の国讃《くにほ》めの句として今も新しい。

私が俳人石田波郷の名前を知ったのは昭和二十九年、高校一年のときだった。その前年、「鶴」は戦後二度目の復刊を果たしたばかりだった。まったく偶然の成り行きから波郷を熱烈に信奉する「鶴」の人たちにめぐりあい、俳句を作り始めた。追い追いにわかったことだが、戦地で病を得た波郷は、戦後の劣悪な諸環境のなか、三次にわたる胸郭成形手術に耐え、ようやく社会復帰を果たし、「鶴」復刊に漕《こ》ぎつけたところだったのだ。復刊を喜び迎える連衆《れんじゆう》の熱い思いが「鶴」の周辺にあふれていた。俳句のような小さな文芸が、どうして大の大人をこんなに熱中させるのかといぶかりつつ、その勢いに煽《あお》られ、いつの間にか俳句の深みに引きずり込まれてしまったというのが、私の俳句事始めといえば言えようか。

山本健吉がかつて、石田波郷という俳人を知らなかったら、現代俳句にさほど関心をもたなかっただろうという意味のことを言っているのを読み、はたと膝を打ったが、同じ感想をもつ人も多いことだろう。

なぜ俳句なのかと訊《き》かれたら、石田波郷と「鶴」の仲間がいたからだと、今なら自信をもって答えられる。

友二の方の桜の句は昭和五十一年、古稀《こき》の年に詠まれたものだが、初見のとき、いずれ名桜と呼ばれる年を経た桜だろうと思いこみ、どこの桜だろうかと知りたかった。日に照り映える満開の花を見上げ、その樹齢という光陰に、今生只今《ただいま》の〝われ〟を重ねて、しみじみと来《こ》し方を思い耽《ふけ》っている句だと感じ入っていたからである。一期一会、桜の花とはそんな出会いを誘い出す花だとも、梅や椿ではこうはいかないだろうとも思っていた。

のちに友二の自註句集が出版されたとき、この句の解説を読んで唖然《あぜん》とした。それによると「栄光学園の前の坂を少し降りた、崖の上に、細い枝を道に突き出してゐる若木の桜」を見ての感慨が一句となったというのである。栄光学園は鎌倉の師の自宅近くにある名門校だが、いつも通る道すがら、ちょうど満開の花に出会い、思わず口をついて出た、いわば馴染《なじ》みの桜への存問の句だったのである。私の名桜幻想はあえなく崩れたが、動機に計らいのないことが友二流であり、かえって一句の懐を深くしているように思う。そしてまた現に、古稀を過ぎてからの友二には、軽妙な味わいの句が目立って多いのである。

友二に初めて会ったのは、昭和四十三年初冬、北山に時雨の走るころのことだった。翌年、比叡山で開催される予定の「鶴」全国鍛錬会の準備のための入洛《にゅうらく》で、関西支部会員が上賀茂の宿でお迎えした。

私は子育てのために休んでいた俳句をその前年に再開したばかりの帰り新参で、何もかもが新しく興味津々といったところだった。師は私の父と年恰好《としかっこう》が似ておられ、何ともいえぬ懐かしさを覚えた。柔和な表情ながら口数が少なく、時おり強い意思を秘めた眼差《まなざ》しを周囲に向けられる師に、小説家の眼光を感じて少し怖かった。どんな会話があったか記憶にはないが、緊張して何も申し上げられなかったのであろう。

折から上賀茂一帯は、特産の酢茎《すぐき》漬の仕込みの最中で、師は梃《てこ》を使った独特の天秤《てんびん》漬の作業場の様子を興味深く見ておられた。

その上《かみ》は椿の小川や酢茎村　　友二

この刹那阿吽もあらず酢茎挺

比叡山の鍛錬会は昭和四十四年八月、全国から多くの参加者を得て成功裡《り》に終わった。私は二人の子どもを実家に預け、初めて一泊の俳句の会に出席した。多くの人との出会いにめぐまれ、やっと「鶴」の連衆に加えられたことを自覚する記念すべき出来事だった。ところがそれから三か月後の十一月二十一日、ついにその声さえ聞くことなく、石田波郷は卒然と逝ってしまった。

当然のこととして、後継主宰には友二が就いたが、波郷の死を最も重く受けとめたのは、実は友二ではなかったかと今にして思う。

気の揉めたことしの花は、結局吉野山で見ることになった。不順な気候が幸い（?）して、四月の半ば過ぎに吉野山では下千本から上千本までの桜がいっせいに満開となった。吉野の桜は毎年のように見ているが、ことしのような咲き方はそうそうあることではなかった。遠くから眺め、近寄っては仰ぎして花を堪能《たんのう》したが、師の〈今生の花〉の句が身に沁《し》みて思われた。

初めて吉野の花を見たのは、昭和四十八年に「鶴」関西支部が竹林院に師友二を招いて鍛錬会を開いたときだった。残念ながら私は二日目しか参加することができなかった。その日、吉野山に着いて竹林院に直行したが、一行はすでに宿を出たあとで、ひとりあてどなく花の咲く径《みち》を捜しまわった。

どこで皆に追いついたのだったか、三十年も前の遠い日のことを思い出しながら山桜の咲く吉野山を歩いていると、記憶の花の中に絶え間なく今日の花が降りこんでくるのだった。その日、吉野山で友二はこんな句を遺《のこ》している。

花よりも若葉かしこし吉野山　　友二
凄じき雨の落花や奥の宮
みよしのの杉に雨降る余花の雨

二人の師の桜の句を読んでいて気がついたことだが、波郷の桜の句は初期、句集でいえば『鶴の眼』『風切』時代に集中して出るが、後続の句集にはほとんど出てこない。むしろ皆無といってよい。

加藤楸邨や中村草田男らとともに人間探求派と称された波郷は、武蔵野の面影の残る練馬に終《つい》の栖《すみか》を構えてからは、庭に椿を中心とした花木を好んで植え、〈人間派変じて樹木派毛虫焼く〉などと自ら興じて樹木派を名乗った。珍しい椿を蒐《あつ》めて百椿居と号し、花どきには椿祭を開き、人を招いて愉《たの》しんだという。その風雅な遊びにおける波郷と連衆とのざっくばらんな交遊の様子を「鶴」誌上で読み、親近と羨望の念を抱いた日のことを思い出す。それにしても、その時期すでに桜が詠まれなくなっていた背景には、いったい何があったのだろう。

一方、友二はといえば、第一句集から最後の句集まで変わることなく桜を詠んでいる。句集にはいわば年々の花が登場している。

葉桜や滝津瀬となる山の雨　『百万』
想ひ寝の覚めては遠し花の雨　『方寸虚実』
つくねんと籠りてひとり花の春　『磯風』
花季の寝るほかはなきわれや誰　『光塵』
散る花や三鬼しぐれを渡しつつ　『曠日《こうじつ》』
桜蘂著し高村智恵子の碑　『磊磈集《らいかい》』
今生の今日の花とぞ仰ぐなる　『玉縄抄』
何の彼の言ふ間に花や花の空　『玉縄抄以後』

正確に数えたわけではないが、傍題や関連季語も含めると、友二俳句の植物季語の用例のうち「桜」が最も多いように思われる。

生年も比較的近く、ともに農家に生まれ育ち、上京するまでの環境にも決定的に区別するものがないように思われる二人の師の、片や温暖な伊予出身の波郷と、一方雪深い越後出身の友二とでは、個人の嗜好《しこう》の差を超えて土地の呼ぶ何かが血の中に流れており、それが「桜」をめぐって俳句の上にこのような表れ方をしたのではないだろうか。日本人が「桜」に抱く精神性を思うと、ふとそんなことまで考えてしまう。

蛇足になるが、友二は〝今生〟という言葉を好んだようだ。今生は、言うまでもなく仏教語でこの世のこと、人の生きている一生を指してもいう。日常的にも「今生の別れ」とか「今生の思い出」のように用いられるが、場面としては改まったときであろうし、発する側の心にもある種の構えや気取りがあるように感じられる。荘重な言葉の響きを利用して、作者の伝えたい事柄も、あるいは読者が容易に汲《く》みとってくれるかもしれない。

そのような狙いの決まった句を、何句かの〝今生〟の用例のなかから挙げてみる。次の句は、達観した人生観がうかがえるまさに友二風といえようか。

盆唄や今生も一《ト》踊りにて　友二

誰にも看取られず息を引きとった波郷に辞世として遺された句はなかったが、晩年は常に死に直面する毎日だったに違いなく、波郷にとっては日々の句が辞世であり、今生の詠《うた》いおさめだと思われたことだろう。畏《おそ》れながら私は次の句を波郷の辞世の句だと思っている。

今生は病む生なりき烏頭　波郷

友二は波郷に長じること七歳、平成十八年のことしは生誕百年の年にあたり、没後二十年を迎えた。

茫々《ぼうぼう》と時が流れてこそ見えてくる先師の周辺を、少しずつ書きとめていきたいと思う。

青葉木菟　――『方寸虚実』のころ

数日前の夜更け、裏山で青葉木菟《あおばずく》が鳴いた。ホッホー、ホッホーという少しくぐもった、しかしよく透るその声には、遠い日を呼び寄せる響きがあり、野鳥のなかでもいちばん好きな鳥の一つだ。何年ぶりのことだろう。急いで窓を開け、存分に青葉木菟を聞いた。

北摂山地の裾廻《すそみ》にあるわが家の周辺では、四季を通して多くの野鳥を観察することができる。夏鳥の青葉木菟は渡りの途中に立ち寄るらしく、二晩と続けてその声を聞くことはない。たまたま私が目覚めていて鳴き声を聞きとめるチャンスに恵まれる、そういう出会いの鳥であることが、いっそう青葉木菟を好ましく思わせるのだろう。

青葉木菟を詠んだ句といえば、橋本多佳子の絶唱〈夫恋《つま》へば吾に死ねよと青葉木菟〉をまっさきに思い出す。若くして寡婦となった多佳子の夫君への激しい追慕の情を、青葉木菟がよく受けとめている。これがもし「ほととぎす」だったらどうだろう。切ない愛恋の情までは伝わってこないような気がする。

私は多佳子の句から青葉木菟という鳥の名前を知ったが、その声を間近で聞いたのは、この地に住んでからのことである。たった一晩の、それも気がつかねばそれきりとなる青葉木菟だからこそ、毎年その時期を心して待つようになった。

汝を恋へば居も居すゞろや青葉木菟　友二

友二の第二句集『方寸虚実』にはこんな青葉木菟の句がある。「おまえのことを恋しく思うと、居ても立っても居られない」という相聞《そうもん》の句だが、その背後にあるのは青年友二の恋心をいっそうかきたてる青葉木菟の鳴き声である。

多佳子の句と発想において類似するが、もともと青葉木菟にはそういう感慨を促す一面があるということなのだろう。友二には〈青葉木菟恋々乱れ寝がたきを〉という句もある。

青葉木菟夜勤看護婦の声も絶えぬ　波郷
ベッド蚊帳身を反らし出て青葉木菟

波郷の青葉木菟の句はいずれも『酒中花』に載る。晩年の入退院を繰り返すようになったころのもので、清瀬の療養所の夜更けの森に鳴く青葉木菟が詠まれている。病床で聞くその声は、あるときは明日への希望として聞かれ、またあるときは死と隣り合う不安のなかで聞いたものであろう。短夜の眠り浅い病者の切ない句だ。

『方寸虚実』は昭和十六年（一九四一）二月、甲鳥書林の昭和俳句叢書《そうしょ》十巻（戦前版）の一冊として刊行された。その前年十月、第一句集『百万』が三省堂から出たばかりで、半年に満たぬ間の相次ぐ出版を奇異に思っていたのだが、予定された叢書十巻の著者に辞退者が出たため、甲鳥書林の嘱託として当企画の責任者だった友二が、窮地を回避すべく急遽《きゅうきょ》加わることになったのだという。

その叢書に名を連ねているのは、加藤楸邨、中島斌雄《たけお》、三橋鷹女、川端茅舎、石田波郷、松本たかし、篠原梵、西島麦南、中村草田男、及川貞といった当時の気鋭の面々であったことを思えば、叢書に加わることにより、当時はまったく無名だったと言っても過言ではない石塚友二の名が、一躍上がったであろうことは想像に難くない。

ただ、前句集との間隔が短いため句の数が揃わず、やむなく『百万』から百句近い旧作を採録し、一巻の体裁を整えることとはなった。そういう苦労は苦労として、武者小路実篤の装幀《そうてい》による造本は、今見ても贅沢《ぜいたく》で美しい。当時の社会情勢を思うと贅沢に過ぎるものといえようが、その分大いなる喜びでもあったろう。友二三十五歳。同年四月に長い独身生活に終止符を打って家庭をもったから、青春の記念碑たるべき句集ともなったのである。

しかし、ほんとうに友二を喜ばせたのは、句集に文学上の師横光利一の懇切な序文を戴《いただ》いたことだろう。その一部を引く。

明澄ともいへず、高雅ともいへず、古樸ともいひ難ければ閑雅ともいひ難い。また寂寞といふには幾らかの騒ぎがあり、清新といふには渣滓が溜つてゐる。しかし、このやうに俳句の持つべき殆ど何ものもなくしてよく俳句となし得てゐる所以は、偽りもなく本能的な生の悲しさがその精神の中に底流し、高雅明澄に対して、いささか自我を風解してここに飄逸な歎きを加へてゐる淡白さにあるかと思はれる。

石塚氏の作品はこれすべて忍苦、人に勝つことを目的としてゐる俗情がない。惨酷無残に人に負けることを願ふ、この非凡な心境こそ何ものよりも氏の恐るべき資質である。


友二俳句の特質を「本能的な生の悲しさ」、「飄逸な歎き」と見抜き、その上で門下の、俳人としての出発を温かく祝福している。蓋《けだ》し名文であろう。

これに対して後書には、以後友二俳句を語るとき必ず引用される「私の俳句は日々の私の生活の記録であつて、そしてそれで一切である」という含羞《がんしゅう》を込めた言挙げが記されている。そのころ、友二はすでに二十年近くも横光門にいながら、まだ一編の小説も師に見せることがなかった。そういう状況のなかで句集を先に出版することになったわけだが、不肖の弟子にかくも寛大だったのは、横光自身が「十日会」という運座を設け、俳句の愉しみを知っていたことも一因としてあっただろう。

友二

想ひ寝の覚めては遠し花の雨
わが恋は失せぬ新樹の夜の雨
金餓鬼となりしか蚊帳につぶやける
胸重く片かげ戻る人の恩
たかんなの疾迅わが背越す日かな
酔ひ諍かひ森閑戻る天の川
方寸に瞋恚息まざり秋の蚊帳
鳥渡る着のみの肩や聳えしめ
深夜の駅とんびの袖を振り訣れ
別れ路や虚実かたみに冬帽子

友二俳句を波郷は、「小説家の俳句」と評しているが、小説家の余技としての俳句ではなく、二十枚三十枚の短篇を書くのと同じ態度で俳句を作っていることを指摘するものと理解されている。先の青葉木菟の句もそうだが、ドラマをはらんだこれらの句群に、鬱勃《うつぼつ》とした自らの青春を重ね見る読者も多いことだろう。波郷の青春詠にはこの傾向の句はない。『百万』からの重複再録によって成った『方寸虚実』ではあるが、前句集が制作年次による作品の配列だったのを四季別にするなど、編集に工夫を凝らし、作品を「心塵半歳」「旅中拾遺」「方寸虚実」の三章に分けているのも、すっきりと読みやすくしている。

第二章の「旅中拾遺」は、奈良・京都、長崎などの旅吟を収めたものだが、鎌倉のような近場へ出かけた折の句もここに入っているところをみると、友二は旅という非日常をふだんの生活とはっきり切り離して考えていたものと思われる。なかでも、奈良、京都の旅の句は私個人の思い出とかかわって、親しみを覚える。

嫩草山

雌を率ては裾屯せり荒男鹿　友二

春日神社

烈日や老杉の映え社殿の丹に

東大寺

天平を負ふ肩なるや萩の丈

畝傍御陵

松籟に秋蟬とわが心気のみ

竹林院坊

杉叢の群山あつめ涼しけれ

新和歌の浦

波さへや浦曲の避暑期終りたる

昭和十五年九月、中山義秀と友二は、南支派遣従軍画家の任が解けて帰還した清水崑と奈良で落ち合い、三人で奈良から吉野へ気儘《きまま》な旅を続けた。四泊目の新和歌浦の旅館で、三人の所持金が旅館の払いにも足りなくなったことに気づき、友二が急遽京都の甲鳥書林へ金策に走るという出来事があった。随筆集『日遣番匠』には「三人旅」としてその顚末《てんまつ》がユーモアあふれるタッチで書かれている。戦前のよき時代最後の愉快な旅だったらしく、その思い出をテーマにして何編かの随想が書かれている。

その一例として、私の手元に友二自筆の、しかも毛筆書きの原稿がある。「市電の片道」と題した一千字足らずの掌篇だが、内容は「三人旅」の最後の場面、すなわち、和歌浦という景勝の地を訪れながら愉しむことなく、金策のため急いで京都へ発《た》つ羽目になったというくだりについてだ。「私の和歌山に対する印象は、新和歌浦から和歌山駅までを貫く市電の片道の空間と時間の和に過ぎず、従つて語らざるに等しい」と書いていて、友二の憮然《ぶぜん》とした表情が見えるようである。

この原稿を私は大学の俳句の先輩で千葉市在住の俳文学者井上脩之助氏から戴いた。井上氏はこれを佐野まもる主宰「青潮」の編集長をしていた岩根冬青氏から譲られたという。割付を指示する赤鉛筆の書き込みもあり、印刷に回されたことは確かだが、「青潮」は冬青氏の「天狼」参加により昭和二十六年に終刊したので、はたしてこの原稿が「青潮」に掲載されたかどうかはわからない。

確かなことは、毛筆の字が紛れもなく友二のものであること。また、「青潮」の内部事情を考えると、昭和二十年代の前半に書かれたものだと言えることだ。

和歌山に住み、自宅を「青潮」の発行所にあてていた冬青氏からの執筆依頼に対し、新和歌浦での椿事は恰好の材料だったのだろう。冬青氏には私もたいへんお世話になったので、師友二の自筆原稿が、私のところにもたらされた縁をありがたいことと思う。

その随想は「水鐵人原稿用紙」の名入りの用紙に書かれているのだが、水鐵人なるものが如何《いか》なるものか気になっていた。郡山に住む友二の義兄が鉄道マンだったこと、〈雛の夜の水府の宿の雛かな〉の句に「水戸鉄道局の俳句会に招かれて云々」の自註があることなどから、国鉄時代の水戸鉄道管理局に関係があるのではと推測し、インターネットで検索したところ、水戸鉄道管理局から「水鐵人」なる社内誌が出ていたことまではわかった。

師のお元気なときに伺っておけばすんだことを……。後悔ばかりが残る。

雪の五頭 ——『田螺の唄』のころ

彼方なる空恋ひし日よ雪の五頭　　友二

昭和五十四年（一九七九）十月二十六日、友二の生まれ故郷、新潟県北蒲原郡笹岡村（現阿賀野市）羽黒の、自然休養村管理センターの敷地内に、この句を刻んだ句碑が建立された。高さ三メートル、幅一メートルの花崗岩の自然石に、一行書きの、一目で友二のものとわかる筆致を彫りこんだ堂々とした句碑は、五頭《ごず》連峰を東に望む眺望のよい場所に建てられ、除幕式には友二も出席した。

句意は述べるまでもないが、家郷の東方に聳《そび》える五頭山をあけくれ仰いでは、そのはるか彼方《かなた》の未知の世界に強く憧れた日々のあったことを、いまさらながら懐かしく回想したものである。

友二にしてはやや感傷的な句だが、十八歳まで過ごした郷村のシンボルともいえる五頭山を、年経て仰いだときの、身のうちから湧き上がった正真の感慨であっただろう。この句を得たことによって、友二はふるさとにおける鬱勃とした青春の日々への、自《おの》ずからなる慰藉《いしゃ》を果たしたのではないかと思う。なお付け加えるなら、この句は句碑のために詠まれた句ということで、句集に収録されていない。そこがまた友二流とも言えそうだ。

この句碑には、簡潔にまとめられた友二の経歴と業績と句碑建立の趣意が、碑文として彫られている。短いものなので、ほぼ全文を抜き出す。

先生は明治三十九年本村沢口の農家に生る　志を立て上京文豪横光利一に入門小説を書く　更に俳句を水原秋桜子に学ぶ　句集に方寸虚実ほか小説に松風等名作多し　石田波郷主宰せる雑誌鶴の後継者として現俳壇に重きをなす
我等有志相図り先生の文名を後世に永く遺しかつ郷土文化にますます光彩を添えんことを念じ村内外多数の協賛を得てこの碑を建立す

というものである。

句碑除幕式のことは、「鶴」昭和五十五年一月号の巻頭に、当日参列した新潟の板津堯氏によって写真入りで紹介されている。前日の雷雨も上がり好天のもと、句碑は無事除幕され、式後、友二は村長やかつての幼なじみらと思い出を語り合い、にこやかにふるさとの一日を過ごしたという。

十八歳で出郷した友二にとって、そのふるさとに顕彰の句碑が建てられるということは、晴れがましく、喜びごとであったに違いないのに、どういうわけかその日のことに関して自分からは何も書いていない。

「鶴」誌には友二の「日遣番匠」という随想欄があり、昭和二十八年四月の復刊以来休むことなく、身辺に起こった多岐にわたる事柄をテーマに書き続けてきた。それは小説家から見た鋭く容赦ない社会時評であったり、交流のあった文壇人の、それ一編で作家論ともなる追悼文などがあったりしたが、細部にまで注がれた深い眼差しの感じられる、友二でなければ書けない独特の文体を具《そな》えた読み物だった。

「日遣番匠」にはまた私小説家らしい身辺の記録も多く、日録として友二の動向を知るのに便利だったが、五頭山を仰ぐ句碑除幕式のことは、ここにも書き残していないのである。友二をよく知る人たちは、友二を含羞の人と呼ぶが、自分の手柄を述べることに友二は恥じらいを覚えたからに違いない。

冗長な表現の許されない碑文において、先に引いた「志を立て上京文豪横光利一に入門小説を書く」の一節は定石に沿った表現だが、そのまま受け取ると、すでに横光利一に入門を許されており、上京後すぐに小説を書き始めたように思う誤解が生じそうである。実際はそんな生易しいものではなく、実に小説のように奇なるものであった。

『田螺の唄』は、生い立ちから、上京後幾多の苦難を経験して、作家としての自覚をもつにいたった青春時代を回顧する、石塚友二の〝奇〟なる自伝小説である。

それによれば、少年時代に、六歳年上の兄の影響で本に親しみ、漠然とではあるが文学に興味をもつようになった。小学校の高等科を了えた後、父の農業を手伝うが、月に一、二冊の本が買えるようなささやかな報酬を望む、どちらかといえば引っ込み思案の性格だったという。そして、確かな就職先のないまま叔父を頼って上京するという、人生の大きな転機を迎える。

そのときの状況を『田螺の唄』では、「上京――といふより、私の胸の中では、出郷、生れた家、育つた土地との別れ、この気持の方が切実であつた」と述べている。前途に対して抱く不安や戸惑いが心を怯《ひる》ませ、産土《うぶすな》への愛惜となったものであろう。また、いざ別れるとなったとき、思いもかけぬ切実な存在として立ちはだかった産土とのかかわりをこうも書いている。

百姓生活二年目の、そして最後の年の、長い冬の幕が明いてゐた。農家暦の三月半の田打に始まり、田植、一番二番の二度の除草、稲刈、稲扱、臼挽、この最後の臼挽の終るのが十一月で、五頭山の左端に頭を覗《のぞ》かせた、出羽との境の飯豊山はすでに白銀に輝き、五頭の嶺も二度目の雪に染められ、三度目の里へ降りて根雪となるのを待つばかり、さうした冬の幕が明いたのである。

少し長く引用したのは、雪の五頭山の描写があったからでもあるが、それから五十年、句碑に刻む句を案じたとき、まっ先にこのときの光景がよみがえったのではないかと思ったからにほかならない。やや感傷的だという感想が出ることを、友二は百も承知だったに違いない。

大正十三年（一九二四）、横浜に住む叔父を頼って東上、どのような職に就けるか皆目見当もつかなかったが、心の奥底では印刷工場の職工になりたいと思っていたという。

初めての仕事は濾水《ろすい》器工場の住み込みだったが、長くは続かなかった。ある日、ただ「文藝春秋」の愛読者であるというだけの理由で雑司《ぞうし》ヶ谷《や》の菊池寛宅を訪問し、在宅した菊池寛に書生に雇ってくれと頼んだという体験が書かれている。世間知らずの暴挙に等しい訪問者にも氏は驚かず、「書生は今足りている」と断ったが、印刷所なら何とかなるかもと答え、「ときどき遣って来給へ」と言ったという。若者が有頂天になるのは当然のことで、再度の訪問時には、菊池氏には会えなかったものの、那珂《なか》孝平と名乗る書生に会い、その日のうちに神田神保町の東京堂書店へ紹介され、住み込み社員として入社が決まったという。

幸運というのはどこにあるかわからないものだが、自ら切り開くものだということをこの例は示している。那珂孝平とは以後昵懇《じっこん》となり、月二回の休みの日には、南山堂に勤める三木喜与次という青年を交えた三人で一緒に過ごすことが多くなった。「単なる文学愛好者から、文学者たらんとの野望を抱かせるに到ったのも、二人の熱情に負ふものが多大であった」と述懐しているとおりである。

生涯の師となる横光利一には、その年の秋、やはり那珂の紹介で会った。数え年二十七歳の横光の下には、多くの有為の若者たちが集まってきたが、そのことも友二青年の文学者たらんとする意気に拍車をかけたことだろう。師も若いが弟子もまた弱冠十九歳の出会いであった。

友二の俳句のルーツは、勤務先の東京堂書店内の親睦会の一つ木像会句会に始まる。これは長谷川零余子主宰「枯野」の東京堂支部といった性格のものだった。入会を強制されたことはないといっても、職場句会には当然ついて回る事情はあっただろう。それとは別に「ホトトギス」を定期購読し、虚子選に投句もしたというから、俳句への関心は強かったことになる。白汀とは当時の名乗りである。

置く霜の声する程や籠り堂　　　石塚　白汀

街中や冬衣にして夏立てり

〈街中〉の句は、後年の代表句に数えられる、

鳥渡る着のみの肩や聳えしめ　　　友二

を思い出させる。いずれも貧しさを若さの特権として詠い出しているところ、友二俳句を終生貫いた力強い庶民性の萌芽を見る思いがする。

『田螺の唄』は、長谷川零余子が山陰旅行から戻り、腸チフスであっけなく亡くなったところで終わっている。その後、俳句とは疎遠になったというが、真相は俳句に沈溺することを恐れたためであり、横光門として創作にこそ力を入れたいと思ったのが本意であったようだ。「私は、東京堂も退いて、苦難を覚悟に、前途の壁に立向ふ腹構へを、そろそろ固めなければ、さう思ひ出してゐたのである」という結びには、出郷を前にして抱いた不安や戸惑いはもはやない。そこにあるのは二十六歳の誇らかな決意であった。

大正十三年から昭和七年までの東京堂時代―『田螺の唄』の時代は、新潟の片田舎から上京してきた青年に、期待以上のものをもたらした。多くの同じ志をもつ若者と交わり、生涯の師にめぐりあって、文学を終生の仕事と決める覚悟を胸中深く根付かせた時期であった。

東京堂書店を退社して三年後、友二は渋谷区神宮前通に師横光の命名になる沙羅書店の看板を掲げ、出版業を開業した。横光は『日輪』『覚書』の出版を持ち込み、門出を祝ってくれたという。情の篤《あつ》い人柄がしのばれるが、この沙羅書店を舞台に、友二はさらにゆたかに人脈を張りめぐらせていったのだった。友二の石田波郷との出会いもこの時期であった。

ランチョン

忘年会ランチョンはビヤホールにて　　　石塚　友二

波郷・友二という二人の師の間柄は、車の両輪にたとえられてきた。風貌も人柄も作品も異なる二人の出会いが、いつどこで始まったのだろう、と時おり不思議に思ったものだ。

右の友二の句は昭和四十八年の作。忘年会の開かれるランチョンというのはビヤホールなのですよ、という屈託のない句だが、このランチョンを舞台に鶴連衆の数々の置酒歓語の場面が繰り広げられたと聞く。

ランチョンは東京・神田神保町の古本屋街の近くにある、明治四十二年創業の今も盛業中のビヤホールである。ランチョンとはいわゆる洋食屋のことで、当時この種の店の草分け的存在として、文化人や学生に人気があったという。波郷はそのランチョンで友二と初めて会った、と書いている。

昭和三十四年の「鶴」十月号は、友二句集『方寸虚実』を特集しているが、波郷は「友二登場」として石塚友二論を展開している。そのなかで、不確かなのだがと断った上で、友二との初めての出会いを、「昭和九年ではないかと思ふ。石橋辰之助の句集『山行』を石塚友二が出版することになつて、その打合せのため、辰之助の勤務する神田日活館の近くのランチヨンといふビヤホールで会つた。あるひはその前に淡路町の『馬酔木』発行所で会つてゐたかもしれない」と述べ、その日の友二の印象を「生ビールのジヨツキを前にして始めて会つた石塚友二は、蓬髪に和服の着流しといふ、いかにも苦節の作家修業者らしい風采だつたが、才ばしつた文学青年臭はなく、地味で、丁重でゐながら、誰にでも心をひらかせるやうな親しさがあつた」と回想している。さらに、「ランチヨンは石塚友二と私にとつては忘れることのできないところで、二十五年後の今日でも鶴句会の帰りには必ず立ち寄つて生ビールをあふり、うすいカツを食ふことにしてゐる」とも書いている。

波郷のこの文章によって、私は二人の師の出会いの場所はランチョンだという先入観をもち、頭掲のビヤホールの句を心にとめていたのだった。

波郷の死後、友二は、「別冊文藝春秋」昭和四十六年九月号に、「小説・石田波郷」の副題のつく作品「流星」を発表したが、それによると初対面は昭和十年、辰之助に連れられて行った「馬酔木」発行所だったと述べる。波郷が「あるひは」とした、その曖昧な記憶の方が正しかったということになる。

そのときの印象を「石田波郷は白皙長身で、眼鏡のよく似合ふ、柔和な感じのなかにも、どこか老成を思はせる美青年であつた」と言う。

辰之助の『山行』に次いで、その年の内に波郷の処女句集『石田波郷句集』が沙羅書店から出版された。弱冠二十歳で「馬酔木」の最年少同人に推されたときも大きな話題を呼んだが、二十三歳で句集をもつこともまた異例のこととして、早熟な才能が評判となった。

昭和十四年、再び沙羅書店から二冊目の句集『鶴の眼』が出たが、前句集から百数十句を抽出採録したこともあり、波郷自身がこれを第一句集としたことは知られているとおりだ。

大正十三年（一九二四）に上京して以来、友二はいみじくも波郷が指摘したとおり、「地味で、丁重でゐながら、誰にでも心をひらかせるやうな親しさ」で、多くの文壇人や出版関係者に知己を得ていった。横光利一門の古参として大きな信頼を得ていたのも、その人柄ゆえであったろう。波郷もまた友二によって利一に紹介され、『鶴の眼』には利一の序文をもらうという喜びに浴している。

バスを待ち大路の春をうたがはず　　波郷
春の街馬を恍惚と見つゝゆけり
描きて赤き夏の巴里をかなしめる
百日紅ごくごく水を呑むばかり

秋の暮業火となりて秬は燃ゆ
吹きおこる秋風鶴をあゆましむ
寒卵薔薇色させる朝ありぬ
隙間風兄妹に母の文異ふ

四季別に編まれた『鶴の眼』から一季二句ずつ選んだ。例の〈ビヤホール〉の句は、四句目の〈百日紅〉の近く、

蟬の朝愛憎は悉く我に還る

という、当時の波郷の青春の日々をうかがわせる句の直前に出ている。『鶴の眼』の後記の一節を次に引く。

この四年間の自分の生活は、一箇の愛慾の事件を介在さして、青春特有の変動をしてゐる。それらへの止むを得ざる関心と、自分の俳句に対する反省とが偶々相搏つて、素材的には俳句を自分の生き方にひきつけ、本質的には、俳句に俳句の重量と匂（これは古典に於て豊かであるが）を与へようと努めることになつた。

実は〈愛憎〉の句を含む三十九句は「蟬の朝」と題する特別作品として、昭和十三年九月号の「馬酔木」に発表された。その制作の裏話ともいうべき「蟬の朝余録」が同じ号に載っていて、これがたいへん面白いのである。

かいつまんで言うと、今日こそは五十句の特別作品に、あと十数句を作り上げようと机に向かっていると、石塚友二がやってきた。そこで、句作りの愚痴をこぼしたり、俳壇の話をしたりなどしていたが、石塚氏はここでこうしていても句はできないだろうと気を利かして外出を促した。道々、石塚氏の語る氏の新作に、作者の肉体の匂いがするほど内面がさらけ出されていることを思い、顧みて自分はどうだろうと考えたという。途上、路傍の草々をめぐって交わされる他愛無い会話もいいが、別れ際に友二が「弁慶橋のところに百合が沢山咲いてゐるが通る時みてごらんなさい。句が出来るよ」と言ったというくだりは、二人の友情はもとより、石塚友二という作家の温かい人柄によく触れていて、思わず微笑まされる。波郷自身も人の情けに聡い人だったことがこうした一文から読み取れる。

ついに五十句には満たなかったが、作品を発表することにはなった。「蟬の朝余録」は結びとして、作品については何も言いたくないが、これだけ多量の句を吐き出すと、対象と自分の相性から十七字の生まれる過程が、一番やりいい自分の癖を使っていることに気づく、と述べている。さらに、自分の俳句を調べるにはこれは恰好の材料であり、このような句を作らないことが目下の自分のなすべきことなのだと、厳しく自省の言葉を書き連ねているのである。

昭和十三年といえば波郷二十五歳、主宰誌「鶴」はようやく一年経ったときで、知らなければ順風満帆の船路を思うところだったが、新進の俳人としての気負いとともに苦悩も多かった日ごろがうかがわれ、あらためて若い日の波郷に親近感を覚えるのだった。


ランチョンに話を戻すと、友二は上京した年の夏、勤め先にも近かったランチョンで初めて生ビールというものを飲んだという。こんなにうまいものがあるとは思わなかったそうだ。そして生涯のビール党となった。

友二が好んだのはキリンビールと決まっていて、地方支部の俳句会では、定番のごとくキリンでもてなしたものだ。

先日、偶然のことから、師が通い、鶴連衆が毎年忘年会を開いていたころのランチョンの古い写真を見つけた。ルーペを使ってよく見ると、看板に「アサヒビール」とあるではないか。あれ？　キリンじゃなかったのと肩透かしを食わされた思いがした。

ちょうどお会いする機会のあった清田昌弘さんにそのことを尋ねてみた。「そう、ランチョンはアサヒです。吾妻橋にアサヒの工場があって、そこから出来立てを運ばせていたのですよ、だから美味しいのです」と即座に答えが帰ってきた。

『石塚友二伝』の著者である清田さんは、「鶴」で波郷の選を受け、同じ鎌倉に住む誼《よしみ》で友二に深く私淑してきた人である。著書には、俳人としての石塚友二もさることながら、広範な文壇人との交流を通じて培った該博な知識や人脈、また、出版史に残る俳書の出版人としての業績、そのなかには草創のころの「鶴」の発行所を引き受けていたことも含まれるが、それらをひっくるめて石塚友二の事跡を顕彰したものとして、高く評価されている。拙稿を進める上でも、どれだけの恩恵をいただいているか計り知れない。

ランチョンで多くの出会いを重ねた二人の師の、ビールの句を最後に挙げておく。波郷の句は一句のみである。

ビヤホール女に氷菓たゞ一盞　波郷

生ビール文楽に得し亢ぶりに　友二

ビヤホール背ぞ寒く梅雨入前

ストーヴに麦酒天国疑はず

十日会

くれなゐの座布団一つ余りけり　石塚　友二

秀野忌のいとども影をひきにけり　石田　波郷

石橋秀野は昭和二十二年（一九四七）九月二十六日、肺結核との凄絶な闘病の果てに逝った。頭掲の句は、秀野の師であり連衆であった友二、波郷の追悼句である。

友二の句は句集『光塵』所収。「石橋秀野夫人、京都宇多野なる療院にて三十八歳を一期に身まかりたり。九月二十七《ママ》日とぞ。越て初冬の一日、神田駿河台の大島四月草居に於て、同友相集り心ばかりの追悼会を催す」というやや長い前書がついており、追悼会の席上捧《ささ》げられた句とわかる。年譜にあたると追悼会の開かれたのは十月十九日で、まだ冬になってはいないし、死亡した日も一日違っている。友二には珍しい記憶違いというべきだろう。

机の上の遺影には菊の花が供えられ、夫君の山本健吉（石橋貞吉）、その実弟石橋逢吉（鮎吉）、義弟清水崑ら、「鶴」からは友二、清水基吉、石川桂郎、岸田稚魚ほかの連衆が集まり、在りし日の秀野をしのび、早すぎた死を悼んだ。

ついこの間まで句座をともにした人が、その場にいないことの空しさと悲しさ。〈くれなゐの座布団〉には、俳句に燃焼しつくした秀野が象徴として詠まれ、見《まみ》えることのなかった者にも悲しみを誘う。

その日、波郷は肺浸潤と診断されて自宅で静養しており、追悼会には出席できなかった。同年五月、西東三鬼とともに病床の秀野を見舞ったばかりだったため、なおさら死の衝撃は大きかったことだろう。掲句は「鶴」が第二次復刊を果たした昭和二十八年の十二月号に、「七周忌」の前書付きで載っている。ともに同じ病に倒れ、秀野は逝き、自分は生き存らえている。〈いとど〉に深い嘆きが投影されている。

私が石橋秀野を知ったのはいつだったか、確かなことは思い出せない。いずれにしろ「鶴」誌上で読んだのに違いないが、あまり秀野のことに触れてはならない気配のする時期があったようだ。

秀野は明治四十二年、大和の名字帯刀を許された藪《やぶ》家に生まれた。小学校卒業後、父に従って上京し、文化学院中等部に入学した。在学中、与謝野晶子に和歌を、高浜虚子に俳句を学んだという。昭和四年、石橋貞吉と結婚。俳句に本腰を入れるようになったのは、昭和十三年、横光利一の「十日会」に参加するようになってからだが、そこで波郷や友二ら「鶴」

の連衆と知り合い、俳句という自己表現の手段を得て、急速にこの詩型に傾倒していった。「十日会」というのは、新感覚派と称された作家横光利一が、昭和十年、知り合いの文士や門下の文学青年らのため、月例のいわゆる面会日として設けたものだが、その初回が七月十日であったことから「十日会」と名づけられた。

二回目の「十日会」の席上、横光の突然の提唱で、運座がもたれた。それ以後「十日会」は毎回運座が開かれ、横光一門の俳句会ということになった。

俳句は小説の修業に役立つ、というのが発案の理由だったが、横光自身が俳句を好んだのであろう。参加者は文壇から中山義秀、永井龍男、石川達三、橋本栄吉、中里恒子ほか錚々《そうそう》たる顔ぶれが名を連ね、俳人では波郷、石橋辰之助などの名前が挙がっている。

横光門の古参で、すでに「馬酔木」に投句経験のある友二が幹事役を買って出て、昭和十五年末に終わりを迎えるまで孜々《しし》としてその役をつとめた。友二の実直な人柄は若いころから、身に具わっていたようである。

波郷には「横光さんの手紙」という随想があり、そのなかで、「十日会」には時々参加したと、常連であったかのような記述をしているが、友二によると事実は、洋行する横光の歓送会をかねた折のものと、あともう一度の二回しか出ていないと憤然たる口調で書き残している。波郷を会に誘った当事者の話として、信頼してよいことだろうと思う。このことは私には、出席回数の多寡や真偽のことではなく、二人の師の性格の違いというか、物事への対処の仕方の違いに触れるようで、興味を覚える。

「十日会」で最も熱心に句作したのは横光自身だったといわれている。昭和十一年、ベルリンオリンピックの観戦取材のため渡欧した横光は、日本郵船の箱根丸でフランスへ行く高浜虚子・章子の親子と同船し、親交を結んだ。この経験は俳句熱に拍車をかけることになったのであろう。帰国後、横光はロンドンもパリも好《い》いがやっぱり日本がいちばん好いと言ったそうである。外遊が日本固有の俳句という文芸の魅力を再確認する好機となったのであろう。

波郷の句集『鶴の眼』は昭和十四年に出版されたが、横光は序文のなかで、「芸術の中でも俳句と和歌と能とは伝統を重んずることをもつて第一のつとめとなさねばならぬ義務をもつ」と述べている。新興俳句の華やかなころで、翌十五年には、畏友三鬼が京大事件にかかわり、特高警察に検挙逮捕されるということがあった。そのころから波郷は古典回帰を標榜《ひようぼう》し、実践のための方法として、切字の使用を唱導し、俳句は『猿蓑《さるみの》』に帰れと説くようになった。時流のたまたまの一致といえば言えるが、波郷の胸中深く、横光の古典称揚の言挙げが響いていたのではないかと思う。

残された横光の俳句作品に抱く素朴な感想は、楷書の句といえばよいだろうか。曖昧なところのないくっきりした輪郭の句が多いようだ。

秋半ばモンマルトルの霧思ふ　　横光　利一
茄子ひけば蟋蟀こぼれこぼれけり

秀野は「十日会」に出席し、文学にかかわりをもつ仲間たちと交流し影響を受けるうち、表現意欲がいよいよ昂まり、俳句ばかりでなく文章、ことに小説を書きたいと強く思うようになった。その文才は文化学院時代、虚子に褒められたことがあったといい、そのことを誇りにしていたが、横光もまた、秀野に創作の才能のあることを認め、小説を書くことを勧めていた。友二に乞われて「鶴」に何度か随想を寄せているが、個性の際立った勢いのある文章を書いている。

「十日会」は友二にとっても、多くの同士を得て、人脈を肥やす時期でもあった。ことにその余慶というか、昭和十五年は大いに稔《みの》りのある年だった。まず改造社の「俳句研究」三月号に、「方寸虚実」八十句を発表した。引き続き同誌九月号にも「心塵半歳」百三十五句という大作を発表している。俳壇的に無名といってよい友二の異例ともいうべき起用には、当時の「俳句研究」編集長、山本健吉の好意ある英断があったことを思わないではいられない。十月には処女句集『百万』を刊行し、俳壇の注目を集めることとなった。

戦争が激化した昭和二十年、健吉の転勤に従って秀野一家は出雲玉造《たまつくり》へ引っ越した。日々物資の乏しくなる東京からの疎開でもあった。慣れない土地での窮乏生活を強いられ、次第に健康が蝕《むしば》まれ、終戦後、京都へ引き揚げたときにはすでに肺結核の進行した状態で、ついに再起は叶わなかった。

秀野を知る人はみな男勝りの姐御《あねご》肌の人だったという。舌鋒鋭く、信じるところに従い、妥協のない性格だったようだが、私が最も感銘し、今読んでも胸の熱くなる文章がある。「無題」と題して昭和二十二年「風」四月号に寄稿した短い文章だ。中央と地方の結社意識の差を実体験として捉え、所属結社の宗匠に卑屈になることを戒め、自分の作品に芭蕉、蕪村と比肩するだけの自信をもてというものだ。世間に頼もしい選者というのはそうあるものではなく、俳句は俳諧を行ずる精神の底から湧き上がる声なのだと説く。そして「私にとつて波郷、友二両氏は仏でも偶像でもない。唯、血の通ふ手をとりあふに足る連衆の一人である。この道にして懶怠あれば波郷友二氏たりともようしやなくムチ打ち、たふれればその上を踏み越えてゆく。（中略）我々の屍はあとよりつづく人々に踏まれなければならぬ」という強い調子の一文が続く。一人一人が隷属することなく、俳句の前では等しき存在であることを説いたものだが、この意気があってこそ、自由な魂から生まれる秀野俳句があったということだろう。「十日会」で書くことの歓びを知った人の、半年後の命終《みようじゆう》を前にして綴《つづ》られた文章かと思うと、切なくやりきれない。

家人に

短夜の看とり給ふも縁かな　石橋　秀野

西日照りいのち無惨にありにけり

七月二十一日入院

蟬時雨子は担送車に追ひつけず

秀野の死から三か月後の昭和二十二年十二月三十日、横光利一が胃潰瘍《いかいよう》で亡くなってしまう。五十歳を前にした誰もが無念に思う死であった。

友二の句集『光塵』は、先述の秀野の追悼句から十句も空けず、長い前書をもった師横光への断腸の思いにあふれる悼句を載せている。前書を略して、次にその一部を掲げる。

蒲団著て仏寂びゐまし過去ばかり　石塚　友二

今年はや横光利一俗名たり

極月や三十日のなげきとことはに

年の瀬や五十の瀬戸も越えまさず

空一切冬木立ち雨過主人亡し

このころ、波郷はいよいよ病篤く手術のための入院待ちの日々を過ごしていた。黙契の師の訃報を病床で耐え難い思いで聞いたことだろう。以下は、句集『惜命』に収められた横光利一への追悼句である。

見廻せど蒲団ばかりや我も病む　　石田　波郷
寒き手やいよ〳〵恃むわが生きて
新聞なれば遺影小さく冴えたりき
嘆かへば熱いづるのみ年の暮
遠く寒く病弟子われも黙禱す

「十日会」の時代は、昭和十年から十五年末まで、実質六年に満たない期間であった。波郷は二十代後半、友二、秀野は三十代という、ようやく自分の行く末を見定めようという時期であった。決して平和とはいえなかったが、混沌《こんとん》としたエネルギーが若者を育てた時代だったと、今にして思う。

鶴俳句の諸作Ⅰ

——俳句は文学ではない

「鶴」に入会する前の、まして戦前の「鶴」誌を手にとる機会に恵まれなかった私などが、せめてそのころの「鶴」の雰囲気だけでも知りたいと思ったとき、『石田波郷全集』第六巻と第七巻に収録された「鶴俳句の諸作」Ⅰ・Ⅱは、手頃でしかもエキサイティングな資料となる。

「鶴俳句の諸作」とは、創刊（昭和十二年〈一九三七〉九月号）以来の雑詠「鶴俳句」の選後評の欄のことで、全集第六巻には波郷が応召して戦地へ赴くまで、昭和十八年四月号までの分が載っている。

この期間に波郷は三十歳を迎えた。

初蝶やわが三十の袖袂

右は波郷の代表句として有名だが、「馬酔木」編集長として、「鶴」主宰として、しかし何より俳句作家として確実に地歩を築いていた時期の、矜持《きようじ》あふれる自祝の句であると言ってよい。

「鶴俳句の諸作」はそうしたパワフルな若い波郷の俳句観や鶴俳句の動向などが、素の声で語られていて、まさに不羈《ふき》奔放《ほんぽう》。読むものを飽きさせないのは、俳句形式を信じきった波郷の真情があふれ出ているからこそであろう。

なかでも興味をひかれるのは、「諸作」における波郷の発言が、「鶴」の外で話題を呼んだことで、一誌の雑詠の選後評にとどまらぬ強い影響力をもっていたことを物語っている。

昭和十四年、波郷の句集『鶴の眼』が、石塚友二の経営する沙羅書店から発行された。序文を書いた横光利一はそのなかで、「俳句は文学ではない」という波郷の言葉を引用し、俳句が当面している問題に関心を寄せている。

波郷のこの言葉は、昭和十四年一月号の「諸作」の石野兌《なおし》の選評のなかに出てくる。兌は療養俳人で常に鶴俳句の上位を占めていた人である。

> 石野君の作も、例月よりまさつてゐるとは思へない。まだ〳〵よく作らうといふ文学的意図が見え透いてゐていけない。俳句は文学ではないのだ。俳句はなまの生活である。この言葉は註釈なしには通用しないのであるが、まあこゝではかく放言しておきたいの

だ。諸君は諸君の呼吸や飯食の、生血のかよふ真剣さ、そのことを考へてみる必要がある。俳句を作るといふことはとりも直さず、生きるといふことと同じなのである。

というなかの「俳句は文学ではない」という箇所だけが取り上げられ、一人歩きをしてしまったわけだが、波郷もそれには戸惑ったことだろう。その真意はあとに続く「俳句はなまの生活」「俳句を作るといふことは……生きるといふことと同じ」と言っていることですでに明白だが、それこそが生涯を貫いた波郷の俳句観であったと言ってよい。

しかし、横光の序文は好意に満ちたもので、爾後《じご》波郷は黙契の師として横光を仰いだ。波郷の文筆の才能を見抜いた横光は、君はきっと小説を書くようになるよ、と言ったそうだが、俳句を作ることはすなわちなまの生活を生きることだ、と覚悟した波郷はついに小説を書くことはなかった。

横光の序文の該当する箇所をあげておく。

いつたい俳句とはどのやうな心のいとなみをもつて精神とするのであらうか。（中略）このやうなときに石田波郷氏は俳句は文学ではないと云つてゐる。文学の定義については何を言はうと別に問題ではない。（中略）しかし、この新人にどうして俳句は文学ではないと云はしめたかが、近代俳句の含むさまざまな問題の露頭となつて私に映じて来る。

横光の取り上げたことが方々で話題になり、その真意を糺《ただ》されもしたのだろう。それに関して波郷は弁明を避けていたようだが、長髪を掻《か》き上げニヤリとする波郷の姿が眼に浮かぶようだ。

一年ほど後の「馬酔木」昭和十五年三月号に、その後の顚末を記した文章が載っている。

僕は嘗て俳句は文学ではないと言つたことがある。（中略）勿論俳句は文学である。何が僕をして俳句は文学ではないと言はしめたか。種明かしをすれば雑作もないことだ。然し僕は種明かしなどはやらない。僕は「鶴」の選後評で或る作者に対《むか》つてさういつたのであるが、さういふ個の場合でなくこれを一般的に俳句性の確認の為に俳句は文学ではないと言つてゐゝ角度がある。

また「俳句研究」の同年十一月号には、波郷らしい含羞のうかがえる文章が載る。要約すると、上京以来、ものを見るより人間を見る面白さを小説などから学んだ。それにより俳句の精神と骨を失いかけたが、ある日、俳句は小説的でも短歌的でもあってはならないと気づいた。しかしそれをうまく言えないままつい、俳句は文学ではない、などと大省略の言葉を吐いてしまった、というのだ。

「俳句は文学ではない」という放胆な発言は、そののちも波郷に俳句の固有性考察の深化を促し、「鶴俳句の諸作」はその実践の場として、有為の作家を育てるのに貢献した。

戦前の「鶴俳句」の上位の常連には療養俳人が多かった。波郷は病床俳句がいけないというのではないが、鶴俳句の進むべき道がそういう方向にあると思われることを懸念していた。波郷が若く健康だったころのことである。

昭和十五年四月号の「諸作」は、俳句をすることと生きることが一如となった病俳人の、透徹した句境から生まれる俳句について述べている。

病状が進み癒える希望のなくなった病者は、心が澄んで、もはや技巧や感覚を弄ぶことなど思わなくなり、真直に俳句に身を投じてくる。

そういうときの句は、息の詰まった、きつい、重い力（波郷は俳句性と呼んでいる）がはたらくが、そこが俳句と凡百の文芸の異なる点だというのである。俳句性を具えていないものは俳句とは呼べず、単なる十七字の散文でしかない。「短い十七字で何が言へるか」とは健常だが脆弱《ぜいじやく》な俳人への痛罵であり、当時の散文化した俳句への痛烈な批判でもあったように思う。

昭和十七年五月号の「諸作」には鶴俳句の選評はなく、波郷は俳句の韻文性について持論を展開することに終始している。

話は逸《そ》れるが、この昭和十七年という年は、波郷にとっては特別な年であったろうと思われる。前年、日本は戦争に突入し、庶民は経済的にも思想のうえからも不自由な生活を強いられることとなった。俳句界などという庶民の集まりのようなところへも国家権力が介入し、些細《ささい》なことに嫌疑をかけられて、親しい友人が検挙されるということが続いた。

三月、水原秋桜子の信頼のもとにあった「馬酔木」の編集長を波郷は辞した。六月には吉田安嬉子と結婚し、新所帯をもった。波郷はもう後には引けないところに立っていることを自覚しただろうと思う。そして「鶴」の運営に全力を注ぐようになった。

波郷がまず取り組んだのは、韻文精神の回復ということだった。

それを反映した五月号の「諸作」の要旨は、近頃の俳句が散文調の抑揚のないのっぺりした句ばかりであることを嘆き、そんな句を取り上げて、美しいとか心深いとか褒め合うのだからたまらない。内容はむろん大切だが、形、表現が「絶対に韻文らしき韻文であり、俳句らしき俳句」でなければならぬ。そのために無理にでも「や」「かな」「けり」を使え。もしくは絶対に切字を入れよ。動詞を節約せよ。そうすれば底に響いてくる、玄妙な俳句の力を感じることができるだろう、というものである。

波郷はこの言挙げが自分でもよくこなれていないと思ったのか、「足りないところは選句といふ実権によつて補ふ」と付け足している。思わず頬が緩む箇所ではある。

このように波郷はまず「鶴俳句の諸作」で韻文精神回復を言い出したが、半年後の十七年十一月号の「鶴」誌上には「作句の格」と題して、韻文と散文の違い、なぜ俳句は韻文でなければならないかを敷衍《ふえん》して述べている。「実作の格としても、や、かな、けりの切字を用ひよ。解らなければ解らないまゝでいゝ。句を美しくしようと思ふな。文学的修飾をしようと思ふな。自然が響き応ふる心をふるひ起せよ。俳句はこれでいゝ」というものである。

この言挙げのあと、翌十八年から『猿蓑』をテキストにした古典研究会が始まったが、ここで揺るぎなく自己のものとした古典の格と技法は、同年出版された第二句集『風切』に結実したといってよいだろう。

『風切』刊行直後の九月、波郷に応召の令が下った。「鶴」十八年十月号の「此の刻に当りて」は、入隊まで三日という慌《あわただ》しいときに書かれた、鶴連衆への別れの辞である。自分の居ないことの応急対策とか、「鶴」の存続のことなど、書き残すことは多い。ただいつ如何なるときでも俳句の第一義、つまり「俳句は飽くまで韻文の髄の髄である」「俳句は俳句としての精神、端的な表現、深い象徴、高い清韻を守ること」などを言い残し、最後に「風切宣言」と呼ばれる綱領を掲げて、出征していった。

風切宣言のころ

昭和二十九年（一九五四）、私は俳句を始め、再復刊一年後の「鶴」に入った。誘われるままに一片の予備知識ももたずに句会にも出た。選評に際して、ときに「風切調」とか「風切宣言」とかいう言葉が交わされていたが、もちろん何のことか見当もつかなかった。そこにいる先輩たちがあまりにも普通に語り合っているので、質問するきっかけを失い、わかったような顔をして一座していたという恥ずかしい体験が今もよみがえる。

「風切調」の〝風切〟とは、石田波郷の第二句集の書名でもあるが、そこから類推して、句集『風切』で波郷が見せた格調が高く声調の美しい句群のもつ特性をいうらしいことを、その後の句会の見聞などから、いつとなく悟ったのだったが、確信はもてなかった。

私が初めて入手した「鶴」昭和二十九年四月号は、戦後第二次復刊一年を記念して、石塚友二、清水基吉、戸川稲村、草間時彦、吉見泰二、川畑火川、星野麥丘人らが出席して開かれた座談会「鶴放談」を載せている。何しろまだ私自身、「鶴」誌の読み方が出鱈目《でたらめ》で、どこをどう読めばいいのかわからず、その座談会から得るところはないも同然だったが、今読むと、当時の「鶴」の動静や主要同人らの「鶴」俳句への傾倒ぶりが思われ、新しい感動を覚えるのである。

句会で私が疑問符をつけて聞きとめた「風切調」についても、座談会では〈風切的なもの〉、〈風切に学ぶ〉として取り上げられており、熱心に意見が交わされているのだが、そのときはそれすらも気づいていなかったのだから、お粗末というよりほかない。

当時の無知を反省して、「風切調」にかかわる出席者の発言を拾い出してみた。「戦争によつて風切時代の連中の多くが死に、昔の鶴はなくなつた」と基吉氏が述べると、発行所担当の火川氏は「古い鶴を引つくり返し読んでゐるが風切時代から現在の鶴に行くと、違つてゐる」と賛同を示している。時彦氏は「風切の伝統に魅力を感じるが、ああいふ句はできないし作らうとも思はない」と、「鶴」での自分の立場を明らかにするような発言をしているが、このあたりが「風切調」への当時の平均的見解だったのだろうか、強いて反対する声も出なかったようだ。

その一方、「風切調」を濃く残している小林康治の作品について友二は、「波郷さんが伝承していつたものをそつくり受けてゐるんでせう。しかし小林君みたいなものばかりぢや行き詰まりがくる」と、理解を示しつつ先行きに不安を投げかけている。

波郷作品に関しては、基吉氏が「波郷さんの句は今変つてゐる。しかし変らない何かはある。全然新しいものをつくつてゐながら、真髄は変つてゐない」と述べると、友二はそれを肯定しながら、社会的な外部的なことから表現に多少変わることがあっても芯となるものは変わらないと援護し、「俳句は文学にあらずと、といつたやうなことを言つて、ドッシリ構へてゐるといふことは自信があるから、さういふことを言つてゐると思ふんだ。現はれた現象ぐらゐぢや変るもんぢやありませんよ。絶えず進歩してゐる跡などは普通の人間にはわからないが、彼自身はドンドン成長してゐる。一見古風に見えながら肝心のところは踏まえてゐて動かない。そこが頼もしい」と、畏友として理解ある発言をしている。

この座談会は、創刊以来の「鶴」の歩みを回顧しながら、新しい「鶴」俳句への展望を語るものだったが、私の幼い感想では、「風切調」を俳句作法の前面に押出して句会指導をしているわが先輩の行き方は、「鶴」の主流から後れることになるのではないかと、単純に思いこんだものである。

意味合いは変わるが、そのとき心をよぎった中央と地方（好ましい言い方ではないが）のずれのようなものは今なお私のなかにあり、ときにブレーキとなり、ときにアクセルとなって、私の俳句にかかわっているように思えてならない。

座談会の出席者の句を、同月号から引いておく。

外套や一痨咳を覗き診に　　火川

一家長たり餅の黴かきけづり　基吉
ものの芽のさ走り汚職競ふがに　友二
雪の上に煤ふり勤め日々似たり　稲村
凍て泣の子に頰寄せ覗く夫婦かな　泰二
胸ごもる言や雪ふり来たりけり　麥丘人

私が疑問を抱いていた、もう一つの「風切宣言」のほうも、ようやく資料が現れた。昭和三十三年、「鶴」は復刊五周年を迎え、四月号がその記念号として発行された。本文百五十八頁、外部からの寄稿も多く、「鶴」には書き手が多いとの評判どおり、内部からも主要同人が執筆し、「鶴」の面目を見せて充実した記念号となっている。

主なものを記しておくと、外部からは「古典俳句と現代俳句」井本農一、「横光利一の俳句」村山古郷、「お祝鶴づくし」菊岡久利、「春」山本健吉、ほかに多田裕計、西東三鬼、石川桂郎氏ら、「鶴」にゆかり深い人たちのものが載る。

内部からは「われらの足跡」という主題のもと、「創刊のこと」石塚友二、「風切会のころ」石田波郷、「燈影会の周囲」小林康治、「鎌倉時代」清水基吉、「戦後復刊の思い出」小倉栄太郎、「新人会のことなど」岸田稚魚、「第二次復刊について」川畑火川など、親しく知りたいと思っていた「鶴」の事跡が、当事者によって書きつづられている。それに詳細な年譜がつき、「わすれ得ざる人びと」として物故者をしのぶコーナーもあるといった盛りだくさんの記念号だが、そのなかにやっと目当てにしていた風切宣言に触れたものを見つけたのだった。

言うまでもなくそれは波郷の「風切会のころ」で、「風切宣言」の周辺が詳細に書かれている。要約すると、戦局のすでに敗勢にあった昭和十七年、波郷は十年近く携わった「馬酔木」編集の職をやめ、結婚した。もう一歩も後に退けぬ思いで俳句に没頭するほかなかったという。日暮里の大内葭生宅での句会を基盤に猿蓑研究会を発足させたのもその一つの表れで、そこではときに歌仙を巻き、実作を通して『猿蓑』の面白さ、引いては芭蕉の俳諧に思いを深めることになったという。そういう日が続いて、叙述の多い、隅から隅まで言ってしまう表現は俳句の退歩だと確信し、これを是正しなくてはならないということになった。そこで風切会を結成して会報「風切」を発行し、その第一号の巻頭に掲載したのが「風切宣言」だったというわけで、それは次のようなものだった。

自分達は現代俳句の左の三つの傾向を矯正したい。その為には結社を超えた協同を惜しまないし、倒れたものを引き起こして共に歩む労を喜んでとる。

一、俳句表現の散文的傾向

一、平板疎懶甘美なる句境

一、俳句の絶対的価値軽視
然し先づ何よりも、自分達は自らの俳句鍛錬の為に黙々砕身しなければならぬ。間違つたら、何度でもやり直す。
一、俳句の韻文精神真徹底
一、豊饒なる自然と剛直なる生活表現
一、時局社会が俳句に要求するものを高々と表出すること

「風切宣言」が発表されると、風切会は「鶴」のなかに党中党を作るもので、「鶴」を分裂させるおそれがあると友二に進言した連衆がいたそうだ。さすが友二は取り合わなかったが、「鶴」俳句推進のためにした立言への思わぬ反旗に、波郷は憮然としたようだ。戦局はますます重大となり、会報「風切」は一号しか出なかったが、波郷は、風切の運動は「風切」が出る出ないで消長するものでなく、「鶴」俳句の上に着々と示現されていった、と結んでいる。「鶴」にとっては大きな出来事として記録されることであった。

波郷は後期新興俳句運動の影響下、韻律の崩れた長ったらしい俳句が横行するのを極度に嫌っていた。当時の「鶴」の選評欄でも繰り返しそのことを戒めている。「俳句は文学ではない」とか「散文のきれつぱしで何が言へるか」などと言い、盛んに韻文精神徹底を図っていたのである。

昭和十八年には、先述の風切会を結成し「風切宣言」を発表するにいたったのだが、同年十月号の「鶴」に書いた「此の刻に当りて」がその原文であろう。自らの出征を三日後に控えたという緊迫した状況も然ることながら、俳句を第一義として考えたいとする波郷の真情の迸《ほとばし》り出た悲愴な響きには気圧されるものがある。

波郷の俳句固有の精神、ことに韻文精神の徹底という主張はいつまでも新しいという感想は、俳句に長くかかわるにつれ、いよいよ強くなる。『風切』から珠玉の冬の作品を次に掲げる。

寒椿つひに一日のふところ手　　波郷
降る雪や父母の齢をさだかには
九年母や我孫子も雪となりにけり
浅間山空の左手に眠りけり
鷹現れていまぞさやけし八ヶ岳
霜柱俳句は切字響きけり
夕月に湯屋開くなり近松忌
年暮れぬ低き机に膝古び
琅玕や一月沼の横たはり

鶴俳句の諸作Ⅱ

――俳句は生活の裡に

戦時中休刊していた「鶴」は、昭和二十一年（一九四六）三月に復刊されたが、諸事情により二十四年一月、再び休刊となった。その後、二十八年四月に第二次復刊を遂げ、今日に続いている。平成十九年の今年、創刊七十年、通巻七百五十号を迎えたが、波郷が「諸作」を執筆していたのは、昭和四十一年七月号まで。命終までは三年もあるが、波郷の体調を配慮しての措置ではあった。

「諸作Ⅰ」と「諸作Ⅱ」とでは時代背景も鶴内部の事情も変わっており、誌面だけでは消息をうかがい知れないところもあってもどかしいが、波郷の書くところは一つであることを通読して再確認した。重複する煩雑さを承知で進めていきたい。

昭和十八年の「鶴」十月号には、出征を目前に控えた石田波郷の風切会綱領、いわゆる「風切宣言」が載る。その三つの綱領に関しては先に掲げたとおりだが、その趣旨は当時の著しく散文化した新興俳句運動に対して、今こそ俳句は本来の韻文精神を回復しなくてはならぬとした、鶴連衆への実作上の覚悟を説いたものであった。

初めてそれを読んだとき、私など高揚した文面に悲壮感さえ感じたが、それは出征前の波郷の胸中がどこか反映していたからではなかったろうか。しかし、それはそれとして鶴連衆はみな「風切宣言」を拳々服膺《けんけんふくよう》したようであった。

波郷出征中の「鶴」は石塚友二、清水基吉らによって続刊されたが、戦況がいよいよ険しくなり物資の窮乏が生活を圧迫するようになったため、昭和十九年七、八月号の合併号を活版による最後として、翌九月号は謄写版刷りとなり、それが事実上の終刊号となった。

戦災で家を焼かれた友二一家は郷里新潟の実家へ疎開した。一方、大陸で従軍中に発病した波郷は野戦病院を転々としたが、昭和二十年一月内地へ送還され、軍務を解かれた後、家族の疎開する埼玉県樋遣川《ひやりかわ》村で終戦を迎えた。

帰還後間もないころから、波郷は「鶴」復刊への熱意を抱き、何とか一冊でもと、北海道や仙台などの知人の伝《つて》を頼って策を講じていたという。

鶴の戦後復興はまず句会から始まった。終戦の翌月、九月には早くも東京句会が開かれたというから驚くが、波郷は埼玉の田舎から毎月欠かさず出席した。「鶴」復刊の準備はそうした機会に着々と進められていったものであろう。

昭和二十一年三月、待望の「鶴」復刊号が出た。誌上には波郷、友二、杉山岳陽、桂郎、秀野ら同人が近詠を発表しているが、雑詠欄の「鶴俳句」はなく、その代わり十四頁におよぶ「末黒曲」と題した作品欄がある。
「末黒曲」に載るのは昭和十八年四月号から昭和十九年九月号まで、つまり波郷不在の「鶴」誌上に掲載された同人俳句および鶴俳句を波郷が再選したもので、その数ほぼ二百句。波郷自身の句も採録しているところを見ると、選集としての目論見があったといってよいだろう。

留別

雁やのこるものみな美しき　波郷

月の出や印南野に苗余るらし　耕衣

百方に借あるごとし秋の暮　友二

音たてゝ竹が皮脱ぐ月夜かな　康治

滝野川一里塚はわが古里なり

ふたもとの榎しぐるゝ月日かな　稚魚

雀らに雀色時炉火ほしや　兌

風花の野鍛冶馬鍛冶鍛ちにけり　玄

けさ秋や水に貌だす葦雀　飼虎

菓子配給は母にのみ

若竹や麦落雁は母の菓子　四月草

藺の沢にながれたまりし落花かな　麦寸

春雷や火屑がもとの火吹竹　秀野

「末黒曲」に寄せた波郷の文章の一部を次に引く。

「末黒曲」約二百句は、右の期間（大石註・昭和十八年四月号から昭和十九年九月号まで）も鶴の諸氏が営々として句道精進を怠らなかつたことを物語る業績である。小生はこれ等の句の長短を評し、戦時生活と俳句、何ものにも蔽はれざる（軍国政治により些かも損はれざる）俳句性等の問題を引き出して論ずることもできるが、今は敢て之をしない。約一年半の欠刊を経て、「鶴」は再び高らかに鳴き、翔ばうとしてゐる。こゝに掲げた約二百句は、新しい発足の礎石たり得るであらう。今後鶴俳句は如何に行くべきか、このことを考へるとき、「鶴」はその精神に何ら塗更へも変改も妥協もする必要を認めないことを喜びたい。この二百句を基とし短を補ひ長を伸ばして、韻文俳句精神の真徹底を期するのみ。

波郷が出征前に「風切宣言」で称揚した「韻文精神」は、ここに見るとおり実作において徹底されたのであった。切字を駆使した格調ある俳句を風切調と称して、鶴俳句の一典型となったのである。

この復刊号でもう一つ注目しておきたいのは、表2といわれる表紙裏の目次を記した頁の右上に掲げられた次の短い言葉である。

俳句は生活の裡に満目季節をのぞみ、蕭々又朗々たる打坐即刻のうた也

実に簡潔に俳句の要諦を言いとめたもので、「鶴」では波郷の言葉として知らぬ人はない。私など「波郷先生のお経」とひそかに名づけて諳《そらん》じてきたが、いつだったか誰かが「俳句偈《げ》」と呼んでいるのを聞き、なるほどと感心したものである。いずれにしても、波郷の俳句観を端的に表したもので、俳句の定義としてこれ以上付け加えるものはないと言ってよい。文字にして三十字ほどのこの言葉を、波郷自身も気に入っていたようで、請われると快く筆をとったと聞く(わが家にも分不相応なる条幅がある)。

初め少し気になったのは、「満目季節」「蕭々又朗々」「打坐即刻」という調子の張った漢語の前に、低く唱い出すようにおかれた「生活の裡に」という一節で、ここだけがひどく散文的であることなのだ。かつて波郷は「俳句は文学ではない」と言い放ち、そのあとに「俳句はなまの生活」であり「生きるといふことと同じ」と敷衍はしたが、復刊という再スター

トにあたり、そこをとくに明確にしておきたかったのではないかと思う。「生活の裡に」――ここが散文的であるだけに波郷の生身の声を聞く思いがする。

復刊号の出たあと、「鶴」の発行は順調とは言いかねた。波郷の健康が最も懸念されたころではあったが、波郷は病を押して総合誌「現代俳句」を創刊したり、「現代俳句協会」設立に参画したりしていた。波郷にも鶴連衆にも俳句への熱意が欠けていたわけでなく、同志的結合の弱さもあって、欠刊や合併号を続け、昭和二十四年、ついに長い休刊に入ったのである。

休刊中と時期の重なる波郷の療養生活については稿を改めなければならないが、三次にわたる胸郭成形手術を受けて、小康を得るまでの日々の記録ともいうべき、句集『惜命』『胸形変』、随筆集『清瀬村』は、当時の同病の療養者ばかりでなく健常者にも生きることの尊さを示して、大きな感動を呼んだ。

「鶴」の第二次復刊号は、昭和二十八年四月に出た。波郷は四十歳になっていた。

久しぶりの「鶴俳句の諸作」に波郷は大いに書いている。結核で仆《たお》れ鶴俳句の選を辞して六年、戦後の「自由」解放による混乱と放縦は俳句に幸いしたとは思えない。多くの庶民が俳句の世界に入ってきたが、果たして庶民の心をもって入ってきたものだろうか。文学好きの青年の政治的社会的な関心は俳句にも影響をおよぼしているが、このことは俳句の基本である定型をゆさぶっていると鋭く指摘し、次のように言う。

俳句は畢竟するに短い定型の歌である。庶民日常の風雅である。これを出ることはできない。いや出ることはできるがそれは俳句を捨てて出なければならない。然も、今に生きるわれ〳〵と、俳句をやるわれ〳〵は別のものではない。

今日「鶴」を再刊するには、茲のところに何か新しい方法が樹立されてゐなければならないか。鶴の諸君にはわかつてゐる筈だ。さういふものは別にない。われ〳〵は俳句固有の方法を飽くまで追求してゆく他はない。

貧乏な、或は病弱な、然し愉快で生活力の強い仲間たちよ。われ〳〵はわれ〳〵の俳句をつくらう。

波郷の文章は流麗で衒《てら》いがなくしかも挑発的なところが魅力の一つだが、上掲の最後の段など連衆の心をどれほど鼓舞したことだろうか。

波郷の説くところは常に「俳句の固有の方法の追求」であり、韻文精神に裏打ちされた骨格正しい端正な俳句を詠むことにあった。

俳句の作法ではないが、波郷の言葉として厳かに語り継がれている言葉に、

「鶴」でやると決めたら、力の限り真向ひた押しにやつてみるべきだ。

がある。意図するところは明瞭で、これを言われると自分の迷いがいかに卑小であったかと反省するのだが、四十年八月号の「諸作」に出るこのくだりを引く。俳句にはいろいろの行き方があると説いたあと、

然し、私は、「鶴」の生き方が間違つてゐるとは決して思はない。同じに鶴以外にもいろいろのすぐれた行き方があると思ふ。皆、自分の意思で自分の行き方を決め給へ。そして、「鶴」でやると決めたら、力の限り真向ひた押しにやつてみるべきだ。

身辺に低肺機能で死亡する人が相次ぎ、波郷自身のこととしてそれを怖れながら、「残る命を大切に、できるだけよい仕事をしたい」と述べる文章に続くものだ。頭《こうべ》を垂れて聴くばかりだ。

書簡に見る波郷と友二

――「鶴」復刊をめぐって

この前お会いしたとき清水基吉氏が、「晩年の波郷さんの手紙は味があったねえ」としみじみおっしゃるのを聞いた。

五十六歳で逝った波郷の晩年とは、低肺機能による呼吸困難のため入退院を繰り返すようになった昭和四十年（一九六五）以降をいうようだが、なんと早く訪れた晩年だったことか。基吉氏がどの書簡のことを指しておっしゃったかはわからないし、また特定する必要もないが、宿痾《しゆくあ》の経過に余命を測り、自らの終焉《しゆうえん》を見据えた晩年の波郷の手紙は、どれも静かな諦観をにじませて深々とした味わいがある。むろんそれは波郷の俳句にも言えることである。

波郷の手紙は『石田波郷全集』の第十巻と別巻で読むことができる。採録されている最初のものは、昭和七年二月二十三日の、上京して間もない近況を郷里の父に知らせる初々しい内容のはがきで、最後となったのは昭和四十四年十一月十四日、急逝する一週間前に松山の今川七郎に宛てて書かれた一通で、先師五十崎古郷の句碑建立の構想を伝えるものである。

碑面に彫る句や設置する場所などを指示したあと、「斯ういふことは古郷さんはきつといやだと言はれると存じます　死んだ人はもう拒むことはできません　それが死だと思つたりします」と結んでいる。

全集に載る波郷の手紙の採録数は両巻併せて六百五十七通。資料提供の総数は千通を超えたというから、かなりの数が割愛されたことになる。宛て先は家族、恩師、知人、門下など多方面にわたるが、波郷が筆まめであったということ以上に、受け取った人たちが波郷からの手紙を大切なものとして保管していたことを物語るものであろう。

その波郷の手紙を最も多く受け取ったのは誰だろう。実際に波郷からもらった書簡の数ではなく、ここでは提供資料として全集に採用された数を論ずるわけだが、ざっと数えて一割ほどが石塚友二に宛てて書かれたものであり、他にぬきんでて多いといえる。

「鶴」で波郷と友二といえば車の両輪にたとえられるように、揺るぎない信頼関係に結ばれていたといわれる。波郷が執念をみせた「鶴」復刊をめぐっての書簡を読んでみた。

『石田波郷全集』に載る波郷から友二への最初の一通は、次に掲げる昭和二十年六月十六日付のものである（それ以前のものが見られないのは空襲で焼失したものか）。その年の一月、波郷は傷病兵として戦地から帰還し、三月には埼玉県樋遣川村に疎開していた妻子のもとへ帰った。東京大空襲で妻あき子の母と二人の妹が焼死するという悲惨な出来事のあった直後のことである。一方の友二もまた五月の空襲で東京青山の家を焼け出され、一家をあげて郷里の新潟県笹岡村に疎開していた。文面から察すると先に友二から近況報告があったことがわかる。

御無事田舎に御つきの趣先づは御よろこび申上ます
桂郎氏も細君の田舎にゆくとか申居りましたが如何なつたか　鶴も大分やられて了ひましたね　ところで宮城県角田町の谷津辰郎氏　二、三年位なら大丈夫鶴ひきうけたい旨申越されましたので　東北から鶴を出すのもよろしいかと思ひますが如何　もつとも同人ちり〴〵となりましたので　編輯難となりませうが　事によつてハ小生も東北に赴かうかと思つてゐます　志摩氏も近く福島県へ工場もろとも疎開する由　斎藤砂上も仙台にあり大兄新潟にひかへてゐれバ先づ何とかなる

その六月、兵役免除となった波郷は、敗色濃い戦局のもとで安閑としてはいられなかったのだろう。自分の出征後終刊状態の「鶴」を何とか復刊したいと思い、考えられるあらゆる方途を当たっていたのだろう。まさに朗報であった。
早速友二からは承諾する旨の返事があったとみえ、波郷は勇躍実務に取り組んでいる。すなわち一週間後の六月二十四日にはこんなはがきを友二に出している。

御承諾をいたゞいたので　鶴東北版の件　早速実務を進捗したいと存じます　小生この十七日除役発令になりましたので上京　石川志摩両氏に会ひ　これも賛成を得ましたしこの月末にハ鎌倉に出かけ　既往の原稿のこと清水君と打合するつもりです　会員カードはそつくり角田町に引越させてよろしいでせうね　会費の方ハ　又別に相談した上大兄より振替にて廻していたゞくやうにしませうか　事実東北にハ大兄　斎藤砂上あり北海道に相馬　斎藤（玄）両氏あり　志摩氏が工場もろとも福島に疎開する由　又石川桂郎及小生も或ハ北上するやもしれず　鶴の東北版は大安心の基を有する次第です　くわしくハ次便に御打合いたし度

この希望に満ちた文面にある「くわしくハ次便に」という便りは、はたして友二に出されたものであろうか。

全集では次に、八月六日付の書簡が載っているが、それによると仙台が空襲に遭い、印刷所が使えなくなったため、「鶴」東北版の計画は頓挫することとなったと伝えている。「何とか一冊でも出したい」という執念、「表紙共三十二頁の堂々たる雑誌を出して見たい」という切実な願望に、復刊にかけてきた気概とそれ故の落胆の大きさが思われる。友二も同じ思いであったろう。

この手紙の書かれた日、広島に原子爆弾が投下され、日本は戦争に敗れた。

終戦の翌月には「鶴」東京句会が再開され、波郷も埼玉から上京している。追い追いに会員も戻り、各方面からの情報がもたらされるなか、「鶴」復刊の話も進んでいたのだろう。すでに新潟を引き揚げ鎌倉に仮寓していた友二に、十月三十日付で波郷は「鶴復刊に関しての所用の件もありましたがいづれ拝眉の機もあること、存じ上げて　その折にゆづりたいと存じます」と書き送っている。復刊が具体化していることを強く匂わせながら、どことなく距離のある物言いが気になる。

手紙で告げた近いうちの訪問がはたしてなされたかどうか、また「鶴」復刊に友二がどれほど関与したかについては知り得ないが、波郷の周辺にいた杉山岳陽、志摩芳次郎、石川桂郎らが具体的に計画を推し進め、復刊号実現への機運は熟していったようだ。

翌昭和二十一年三月に「鶴」復刊号の発行が決定した。それを前に、一月十七日付の波郷の短い手紙を次に引く。

先日出京して帰つてみたら　家をこはすばかりになつてをり　蒲団と食器しか残つてゐません　二三日中に子供を負つて上京します　今度は鶴のことハ一切お任せ願い度存じますが如何でせう　復刊後の費用（広告代等）も一切新しく経理し度考へです　詳しくハお目にかゝつて——

波郷の友二への手紙はどれをとっても鄭重《ていちょう》で、年長の友に対する敬意にあふれたものだが、「鶴」のことは一切任せてほしいという単刀直入の申し入れには、何が起こったのかと戸惑いを覚える。

そのことに関して、後日波郷は意を尽くした長文の手紙を書いている。全集別巻に載る二月五日付の書簡がそれで、要約すると、復刊後の「鶴」は自分ひとりで引き受けてやらねばやってゆけないのではないかと思った。また生活の面でも妻の親にいつまでも頼るわけにはいかない。「鶴」からの収入は生活を支えられるようなものではないが、定職があることは親への面子《メンツ》も立つ。「鶴」の経営難時代の友二氏の心労は自分もよく知るところで、採算のとれる時期になってこれを譲ってくれと言うのは大いにためらわれる。しかし、どうか諒解《りょうかい》と厚情をもって許してほしい、という「鶴」発行に関する権利を主張する内容で、これを書く時点ですでに友二から諒解する旨の内諾のあったことが手紙には書かれているが、筋の通らない話を嫌う友二に、波郷は率直に自分のおかれた立場を述べ理解を請うている。友二を信頼しての頼みだったろうが、それにしてもさぞ書きづらいことだったに違いない。

さらに波郷は「鶴」復刊という事業が、生活をかけた不退転の決意から出たものであることを経理の面から説明した後、「経営がむづかしくなれバ　小生私設の俳句指導機関を設けて補つてゆき度、存じます」とまで言っている。波郷の決意と懇請に友二は長年の友誼《ゆうぎ》をもって応えたのである。この「鶴」復刊号では先にも記したように冒頭に「俳句は生活の裡に満目季節をのぞみ、蕭々又朗々たる打坐即刻のうた也」という言葉を掲げ、編集兼発行人は石田哲大《てつお》（波郷）、三十四頁の体裁で、俳誌として戦後いち早く復刊を果たしたのだった。

復刊を果たしたものの、波郷は健康のすぐれない日が続いた。同年九月、波郷は総合誌「現代俳句」を創刊して編集にもあたり、多忙な日を送っていた。生活に追われる用が多く「鶴」に手が廻りかねる始末だと、友二にこぼしたりしている。過労はピークに達し、進行した病状はもはや外科手術以外に治療の方法がないと診断された。

東京療養所に入所して胸郭成形手術の日を待つ波郷は、昭和二十三年九月七日付で、友二へ手紙を書いている。長いので要約すると、「鶴」存続のための気力も体力も今はない。遅刊勝ちで句風主張も明らかでない今の有様では、「鶴」の名を堕すばかりだからいっそ廃刊した方がいいのではないかと思うこともある。「鶴」を興すには石塚さんに選者になってもらったらよいと思う。一度は口幅ったいことを言って「鶴」主宰となったが、こうなってしまったことを許してほしい。回復するまではその責を解かれ一同人に留《とど》まりたい、というものので、見方によっては波郷の遺書ともとれる手紙であった。

波郷の入院による「鶴」の窮状は、友二や編集同人らの代行分担によっても切り抜けることができず、昭和二十四年一月以降休刊に入った。あくまでも波郷を主宰と恃《たの》む思いが連衆のなかにはあったろうし、友誼を大切にする友二は波郷回復を切に願い、「鶴」への復帰の日を待っていたのだろうと思う。

昭和二十五年春、波郷は療養所を退所した。先年「馬酔木」に復帰していた波郷はその編集に精力的にかかわり、友二にはたびたびの原稿依頼を通して礼を尽くしているのが心に残る。

昭和二十八年四月、「鶴」は第二次復刊を果たしているが、それに関して波郷から友二への目ぼしい書簡は残っていない。

冬の旅

昭和三十七年（一九六二）、石田波郷が草間時彦、星野麥丘人両氏を伴って京都へ来たのは、十二月二日、時雨の降る日だった。とくに俳句の会があるわけではなく、スケジュールに縛られるのでもない、気のおけない仲間とのいわばお忍びの旅だった。

「鶴」三十八年一月号には、「京」と題して波郷の六句、また、三人合作の愉快な道中記「京洛日記」が載っている。

十二月二日、当時東海道新幹線は開通前で、一行は「特急かもめ」で京都に着いた。お忍びといえど京都駅には「馬酔木」「鶴」の女流を交えた数人が出迎えた。

宿は桂小五郎と幾松の寓居《ぐうきょ》だったという「幾松」。

京 の 宿 名 は 幾 松 の 小 夜 時 雨　　波 郷

しんしんと更けゆく旅の夜、時雨の通り過ぎる音を聴きながら、京都に来ていることを実感したことだろう。

三日は京都の琴屋の老舗琴伝こと畑伝一郎氏の案内で宇治へ行った。平等院から、参道の土産物屋の茶団子の緑を賞《め》でながら万福寺へ。普茶料理の白雲庵には石蕗《つわぶき》の花が咲き、燗酒《かんざけ》を飲んでもなお寒かったという。

茶団子に日の当り来し時雨かな　　波郷

極月の松風もなし万福寺

普茶料理しぐるる石蕗に似て寒し

宇治からは醍醐《だいご》をまわって京都市内へ。開化亭という明治の面影を残す可否館《コーヒー》で小憩した。

短日の洋燈灯りぬ開化亭　　波郷

波郷揮毫《きごう》のこの句を畑さんが愛蔵していて、後年「西の波郷忌」で「宝もんどす」と得意そうに披露したことがあった。夜は那須乙郎、中條角次郎氏ら、京都の連衆と小句会をもった。

四日は、入洛以来、波郷の心を占めていた水内鬼灯の墓に詣でた。墓は鳥辺野《とりべの》と呼ばれる一帯、東山の通妙寺にある。キリスト者であった鬼灯の墓は木の十字墓だった。昭和二十四年一月に四十三歳で没した鬼灯は、京都馬酔木会の世話役として活躍した。その鬼灯に師事した畑氏は遺言に従って波郷門となった。一徹で古武士のような氏は、波郷一行を誠心誠意、商売を休んでもてなしたのであったろう。

小春日や孤りかたぶく十字墓　　波郷

先日、通妙寺に電話をして墓の存在を尋ねてみたところ、上品な老婦人の声で「鬼灯せんせのお墓ならございます。どうぞお参りやして」と返事が返ってきた。波郷一行が訪れたとき、樹齢二百年は過ぎている白山茶花《さざんか》の巨木があったというが、今はどうだろうか。

墓参を済ませ、五条坂の陶業会館で買い物をし、骨董屋《こっとう》を冷やかして、「いもぼう」で有名な円山公園の平野屋で昼食。そのあと嵯峨《さが》へ出て、龍安寺から二尊院、去来の墓に詣で、落柿舎《らくししゃ》へとまわったが、かなりの強行軍だった。

戸袋に干して落柿舎の柿二つ　　波郷
去来墓双掌がくれに冷えにけり

波郷はこの旅を心から愉しんだのであろう。後年「嵯峨」と前書のあるこの二句を好んで揮毫したようだ。

実は私の手元にも、〈柿二つ〉の句の短冊と色紙がある。短冊の方は今井杏太郎氏から戴いた。表には村上巌（麓人）氏の柿の絵に波郷先生の句の賛があり、まことにゆったりと二人の呼吸の合った見事な出来栄えで、見飽きることがない。裏を返すとなんとそこには〈去来墓〉の句が書いてある。

波郷と村上画伯はいたずらがきと称して、お互いに絵を描き句を書いて遊んだそうだが、まさにその折のものであろう。興に乗って短冊の裏もお構いなく筆を走らせたものとみえる。よく見ると、下五が〈凍てにけり〉となっているが、それを言おうものなら、莞爾《かんじ》として「打坐即刻」とたしなめられるような気がする。

私など表裏に書かれたものをもったいないと思う性質で、何とか二枚にならないものかと浅ましいことを考え、「浮寝鳥」主宰の板谷芳淨氏に相談してみた。氏はこの方面の専門家でもある。「出来ないことはないけれど、それが書かれたときのことを大事にすべきだと思いますよ」とおっしゃった。私は平伏するばかりであった。

もう一点の方は、草間時彦氏がわざわざ額装してくださったものだ。十年ほど前、関西の「鶴」の古い仲間が集まって「西の波郷忌」を始めたが、それを聞いた草間さんが、ここは静かでいいや、と北摂の山中の寺へ両三度足を運ばれた。人工透析を受けるようになったころ、もう行けないよとおっしゃって、その額を送ってくださった。「西の波郷忌」にはいつも誰かが波郷先生の書を持ってきて、床の間に掲げていたことを覚えておられたのだろう。それも今は草間さんの形見となってしまった。

嵯峨から一行を乗せた車が、関西の連衆の待つ大阪の「雅苑」に着いたのは予定を二時間も超えていた。会場には大阪、京都、和歌山、遠く岐阜から駆けつけた人も含めて二十人が待ち構えていた。

そのなかには、「鶴」の伝説的な女流中島みさをもいて、先生との対面に感涙に咽《むせ》んだという。みさをは重い結核の身を、波郷俳句で支えてきたような人で、その逞《たくま》しい生き方は同病の波郷の励ましにもなっていただろう。

再度逢へずみたびめにして時雨の座　　波郷

みさをのために半截《はんせつ》に書かれた句だが、波郷自身、対面を喜んでいたことがわかる。波郷に逢いたいというのは、連衆なら誰しも思うことで、ことに長い間入院生活を送り、地方へはほとんど出かけられなかった師を一目見たいのは、弟子として自然の思いだろう。お忍びとはいえ今回の旅行が引き起こす「鶴」全体への影響を懸念されてか、同じ一月号には、波郷の釈明と思われる小文が載っている。

「鶴雑記」という一般の投稿欄に、「京都　大阪行」と題して寄せられたもので、一見埋草のようにみえるが、投稿の規定どおり文末に「東京　石田波郷」の署名が入っているところをみると、そうではあるまい。師が会員に常に公明正大、平等でありたいと思っておられた、その一端に触れた真情あふれる文章なので、引いておきたい。

○ながい間懸案であった京都大阪行を果し得た。草間時彦、星野麥丘人君との自由な遊行だったが、やはり、京都、大阪の連衆の歓迎を受けたことはうれしかった。誌上で名を知るのみのとは異なった親近感を得たことも旅の一収穫といってよいであらう。
○京都は三度目だが、はじめて京都の良さを知った。元禄年間創業の琴屋の主畑伝一郎氏が三日間案内してくれた。特に水内鬼灯の墓に詣でたことは感銘が深かった。
○その他各地の誌友からも来遊をすすめられてゐる。何処へも行きたいが、仕事と健康上の都合で残念ながら、どこへでもといふわけにはゆかない。これからも事情の許す限り気儘に私的に行きたいところへ行ってみたい。そしてできれば連衆にも会ひたいと思ふ。我がままで不遜なやうだが、かういふやり方でしか出かけられないからである。御諒恕を得たい。

（東京　石田波郷）

というものである。主宰といえど必要あらば一投稿者を通された気概が伝わってくる。

これを読んで意外だったのは、京都の旅が三度目ということだった。松山を郷里とするいわば関西圏の人ならもっと再々の来訪があったかと思っていたのだった。

初めての京都訪問は、昭和十年春のこと。大阪馬酔木大会に出席のため水原秋桜子に従って西下した折、師に伴われて京都・奈良に遊んだ。まだ二十歳を幾らも出ていない青年のころで、山口誓子の「馬酔木」参加という記念すべきことがあったときだった。

二度目は、戦後間もない昭和二十二年五月、兄の婚儀のため郷里松山へ帰省した帰り、高砂の永田耕衣や奈良の橋本多佳子を訪ね、西東三鬼とともに京都宇多野療養所に石橋秀野を見舞った。帰京後、波郷は病臥《びょうが》の身となり、その年の九月に秀野は亡くなっている。京都の旅は悲しい思い出となったことだろう。

前二回の京都行きにくらべると、昭和三十七年の旅は心寛《くつろ》ぐまさに清遊といえるものだった。京都のよさをたっぷりと味わえたことだろう。あき子夫人は夫波郷を送り出すに際して、九時の門限厳守を条件としたが、とにもかくにも旅に出かけられるまでに体調を戻したことへの、大きな安堵《あんど》のなかにあったことだろう。

夫 旅 に あ る 寧 け さ よ 玉 霰　　　あき子

昭和三十七年作、句集『見舞籠』に載るこの句は、旅にある夫への祝福にあふれた句である。

京都への旅を終えて、波郷はこれからも事情のゆるす限り行きたいところへ行ってみたいと、ささやかな希望を述べたそうだが、以後体調を崩し、旅に出ることが叶わず、この京都行が最後の旅となった。

「鶴」の女流

——中島みさをのこと

京都に二泊して、宇治、嵯峨などに遊んだ波郷一行が、予定の時刻より大幅に遅れて大阪の宿に入ったのは、昭和三十七年（一九六二）十二月四日の夜のことだった。

波郷の到着を今や遅しと待ち構えている関西の連衆のなかに中島みさをもいた。みさをは大阪西成の、じゃんじゃん横丁や釜ヶ崎に近い山王町という繁華な下町で酒商を営んでいた。大正五年（一九一六）生まれのみさをは当時四十六歳。結婚してまだ五年という昭和十六年、戦地へ夫を送り出したが、間もなく夫はサイパンで戦死。以来、女手一つで家業を切り盛りし、三人の遺児を育て上げた。

そういう戦争未亡人の例は珍しいことではなかった。みさをの場合、もともと頑健でない体に過労がたたって肺結核に罹《かか》り、気がついたときには治療法がないほどまでに進行した状態だったという。

俳句を始めたのはちょうどそのころで、昭和二十八年、「青門」に入り、同三十四年一月から「鶴」に投句を始めた。雑詠欄の「鶴俳句」では一句、二句という時代が続いたが、欠詠することはなかったようだ。

みさをの俳句に転機が訪れたのは、次男英二が高校を卒業して家業に加わり、親としての一応の責任から解放されたときではなかったろうか。俳句大会への出席を勧めたのは子どもたちだったというが、敦賀《つるが》や東京など遠方へ出かけるときは、みさをの体調を気遣って必ず付き添い、母の身をいたわった。俳句のことになると見違えるほどいきいきする母を見ることは、親思いの彼らにはうれしいことだったに違いない。

再度逢へずみたびめにして時雨の座　　波郷

前回も挙げたこの句は、大阪を訪れた波郷が、みさをのために揮毫したものだが、会うチャンスは前に二度もあったのに、三度目にしてやっと時雨の降る大阪で逢えましたねという、恋の気分さえただよう纏綿《てんめん》たる挨拶の句である。

前年、東京で「鶴」二百号記念大会があり、みさをは波郷に会いたい一心で病軀《びょうく》を押し、長女に伴われて上京したが、あいにく波郷は母堂の病気見舞いのため松山に帰郷していて会えなかった。もう一度、奈良で大会があったが、そのときも波郷は来られなかった。みさをは師のこの一句に積年の無念を晴らしたことだろう。

みさをは咳《せ》きに咳き、波郷の話も聞き漏らすほどだった。「よく出てきたね」とねぎらわれると、感激家のみさをはまた激しく咳き込み、波郷はそんなみさをの背を大きくあたたかい手でさすったという。

咳ぐすり師に見えむと強きを嚥む　　みさを
眼前に大き師の背よしぐれ宿
咳けば耳鳴かなし師の言聞きもらし

これらの句を含め、みさをは翌三十八年一月号で初めて四句入選を果たした。その上、鶴同人に推挙されるという喜びも重なったのである。

みさをは波郷に「俳句をしていると自ずと力がわき自分でも不思議に思われるのです」と俳句にかかわる喜びを語ったという。波郷は「咳、痰がひどく病気も軽くないと思われるが、仕事に俳句に気力充実して病気を克服している。俳句の打ちこみ方もきびしいものがある。然し座は明るく、俳句観も人生観も健康そのものである」と初対面の感想を述べているが、同じ病気に苦しんだ波郷にして深く理解できるみさをの健気《けなげ》さであり、このときに師弟の絆《きずな》は固く結ばれたのだろうと思う。

波郷の大阪行より半年ほど早く、昭和三十七年晩春、友二は山陰での俳句大会の帰りにみさを居を訪問した。前々年、敦賀で開かれた大会で初めてみさをに会ったが、そのとき招きを受けたものでもあろうか。一泊した友二は家族挙げての歓待を受けた。

ゆく春のじやんじやん横丁触れ貫けぬ　友二

暮れながき飛田やをんな軒々に

西成区山王町も暮の春

地蔵会の人に押さるる廓町　みさを

ひとりゆく飛田裏町月まろし

廃娼地安香水の香を残し

小酒屋や十日戎の余り客

山王町にはかつて飛田という遊郭があったが、昭和三十三年に廃止された。当時はまだ独特の風情が界隈《かいわい》に残っており、そこに住む人たちの暮らしをみさをはよく俳句に詠んだ。友二の句もまた庶民の哀歓を秘めた町の暮春の光景を写したものである。友二はそのときをはじめとして三度みさを居を訪れている。

師と惜しむ春や病む身に紅刷かん　みさを

子猫膝に笑めば艶増す師の黒子

掲句には「友二先生わが家に見ゆと大阪の鶴人集ひ来るに」の前書がついている。前句は四十代の女性の師に見《まみ》える歓びと恥じらいがにじみ出た佳句といえよう。その日、むろん句座がもたれ、師弟交歓の賑やかな夕べとなった。ふだんから大阪の連衆はみさをの体調に合わせ、句会場を自宅周辺に設けるなどの心配りをしていたが、皆から愛される人柄であったことが、当時のことを知る人によって語り継がれている。

話は変わるが、波郷の療養所生活から生まれた随筆集『清瀬村』のあとがきに、「私は俳句を為す他に、更に療養をする人間になつた。療養は社会から脱落して休養することではなくて、新しい一つの世界を得ることであつた。貧しい私は、結核菌のおかげで一つの富を得たといへなくもない」と書いている。悲しくも強靭《きようじん》な病者の居直りとも聞こえるが、伊予人石田波郷の茫洋とした人柄を思うと、逆に病者から励まされているような気がする。

みさをの場合も、戦争未亡人として女手一つで三人の子どもを立派に育て上げ、その上、病身の労苦に満ちた生涯は確かに不幸には違いなかったが、波郷の言う「結核菌のおかげで一つの富を得た」とする見地に立てば、師の恩愛に守られ、連衆からは友誼を受け、何より孝養を尽くしてくれる子に恵まれた「病ゆえの富を得た」生涯であったと、みさを自身は思っていたのではないだろうか。

広く寒し子に抗ひし夜の畳　みさを
夏のれん掛けて一病大切に
よくもまあここまで痩せて白絣

これら達観した境地の句を残して、昭和三十九年八月七日、みさをはひっそりと四十八歳の生涯を閉じた。

いとどの辺賜ひし酒を今も酌む　波郷

「鶴」昭和三十九年九月号はさながら〝みさを追悼号〟の観を呈している。波郷は「亡きみさをさんに」と前書した上掲の句を寄せているが、ただ一度の邂逅《かいこう》ながら強い絆に結ばれた弟子への哀惜が思われる。

友二は随想欄「日遺番匠」に「一病大切に」と題して、みさをとの鮮烈な思い出を綴っている。初対面の敦賀大会で、絶え間ない激しい咳に身を折りながらも、みさをは吟行に出てきてよかったと目を輝かせ、幸福そのものの表情で俳句にかかわることの喜びを語ったという。

友二はみさをのことを誰よりも心配してくれた老母の住む生まれ故郷の紀州橋本へ、一緒に行く約束をしていたらしい。その約束の果たせなかったことが心残りだと、追悼文は結ばれている。

「中島みさを追悼記」は親交の深かった内田哀而と山田みづえが執筆している。哀而は近くにいなければ知り得ない心温まるエピソードを紹介しているが、ことに逝く十日ほど前に息子たちに「死んだら大阪の人たちにたのんで句集を出してや」と言ったという話は、どこまでも俳句が希望であったみさをを伝えて胸が痛む。

山田みづえは「鶴」の女流のなかで最も親しい友人だったが、年齢も境遇も大いに違う二人が、俳句を通して姉妹のような付き合いをしていたことを語っている。私は一度だけみづえに連れられて、みさを亡きあとの中島家を訪問したことがあったが、生前の親密な交際が想像される迎え方をされ、感動した覚えがある。

三七日にあたる日に中島家で開かれた追悼句会には、西下中の小林康治や石田勝彦も出席し故人をしのんだという。賑やか好きのみさをを喜ばせたことだろうと報告されている。

みさをの最後の頼みであった句集は、翌年の一周忌に合わせて『夏のれん』として出版された。題簽《だいせん》と序文は波郷が書き、村上巌画伯の夏暖簾《なつのれん》が涼やかに翻る挿画が表紙を飾る句集を、誰よりも本人に見せたかったと遺族は思われたことだろう。波郷は序文で「境涯話に終らないで、人間が生きてゆくといふことのよろこびとかなしさを、陰影ゆたかに一歩一歩刻みつけてゐる」と述べているが、それはまた、波郷、友二ともに「鶴」で目指したところでもあった。
友二の句集『曠日』には、「紀州橋本、中島みさを女生家」の前書のついた句が載る。

ここに生れ浪花の夏に世や終へし　友二

紀ノ川の真処女として稲の花

生前の約束を果たすべく大阪の連衆と橋本を訪れ、一周忌を修したということだ。

遠く篤い日

子育てのために中断していた鶴俳句への投句を私が再開したのは、昭和四十二年（一九六七）の春のことだった。

久しぶりに句会に出席して最初に得た「鶴」の情報は、前年四月に古参同人の簱ことが急逝したということだった。私が俳句を始めたころ、ことはすでに「鶴」の人気作家であり、今でもその作品の何句かを挙げることができる。いつか会ってみたいと思う人だったので、俳句を休んでいたことでその機会を逸したことが悔やまれた。

心ゆるす夜の手袋拾はせて　簱　こと
夏足袋の三十路やいまだ星菫派
文弱のもろ手濡らすや桃すすり
まゆみの実手渡す心声なさず

結核の療養者で、独身。父君の資産で不自由のない暮らしをしている若い女流俳人。ことに関してはその程度の知識しかなかったが、上掲の作品などから簾こと像を十分描くことができた。なかでも四句目は檀《まゆみ》の実を介して、師波郷への相聞の句だという噂を聞いてからは、淡い嫉妬のような思いを抱いたものだが、「鶴」の女流はみな同じ思いではなかったろうか。漠然とながら、いつかはこんな句を詠みたいと念じたことを思い出す。

簾ことは、昭和四十一年四月二十三日、四十五歳で亡くなった。一周忌の追善として遺族によって遺句集『命虔《つつし》めり』が編まれた。

『命虔めり』は、波郷の懇ろな序文を戴いた幸せな句集である。健康上の理由でもう序文は書かないと言った波郷の、最後の数編の一つとなったが、簾ことの来歴や人となりを簡潔に述べた冒頭の部分を引用する。

簾ことが戦前からの長い療養生活に区切りをつけて、千葉から池袋に引揚げてきたのは、いつのことか。昭和三十年頃ではなかつたか。それ以来、私たち「鶴」のあらゆる会合に、彼女の時に童女のやうな、時に女臭い顔の連らぬことはなく、深夜の二次会三次会にもその顔は消えなかつた。酒も飲めば男の話もした。長い療養生活からの解放感を味はふと共に、うかがひ知ることのできなかつた世界に敢然ととびこんで何でも吸収してゐるといふ気概さへ見えたのである。

序文はこのあとに、昭和三十年ごろよりことの俳句が著しい成長を遂げたこと、一期の人生に生きる女としての願望を激しく詠みながら、果たされない孤独の地獄をまざまざと詠い上げたことなどに触れ、その短い生は句集一巻に見事に息づいている、と称賛している。『命虔めり』は、昭和十六年の「鶴」発表作品から始まるが、当時の「鶴」の会員は百人ほどで、女流といえば石橋秀野と、少し後れてきた小池文子の名を数える程度であった。誌面は俳句より文章の方が圧倒的に多く、よくいえば文芸色の濃い雑誌だったが、それが心に適《かな》ったものか、まだ女学生だった籏ことが、横光利一の愛読者であることを名乗り、短い文章を投稿してきたという。石塚友二によると、その文章は未熟だったが、未熟なりに瑞々《みずみず》しさがあり、三度に一度は誌上に載ったということである。

ことが俳句にのめりこんだのは、その資質はむろんのことだが、波郷と波郷を取り巻く「鶴」の、ときに無頼といわれた連衆との交わりも一因にあっただろう。それが孤独なことに威勢を張らせ、病涯を生きる支えとしていたのではないかと、波郷の序文を読みながら思う。

『命虔めり』は主として「鶴」に発表された作品を波郷が再選したものだが、生前、句集を出したいと念じ、こと自身の手でなかば句稿の整理もなされていたという。「俳句は一生続けたい。私の心の支えですもの」と常日頃語っていたと、令弟が「あとがき」に記されているが、生前の刊行が叶わなかったことを、ことのために残念に思う。

急がねばならぬ草の芽ひしめけり　こと

俳句を休んでいた間の「鶴」の欠号を、私は清田昌弘氏から恵まれた。初めて見る昭和四十一年六月号の自選欄には、ことの遺稿となった「急がねば」八句が載っている。句集『命虔めり』の巻末と重なるものだが、掲句は掉尾《とうび》の句。何をそんなに急いだのだろうかと、生前を知らないながら不憫《ふびん》でならない。

人来ては簾ことを語る菜種梅雨　波郷
緑の闇みさをもことも咳き伏しき
こと死すとひたひた若葉泣かす雨　友二

同じ六月号の巻頭作品には二人の師の悼句が並んでいる。亡くなる二日前、ことは忍冬亭《にんどう》を訪れている。波郷はあいにく留守だったが、夫人と長々とお喋り《しゃべ》をし、波郷自慢の庭椿を見て帰ったという。その二日後、低肺機能からくる心臓発作を起こし卒然と逝ったわけだが、まるで別れを告げるために行ったようだと後に噂された。波郷は同じ病歴をもつ立場として、自分もいつかはそうなるのではないかという怖れを、身近に感じたのではないだろうか。

同号の「日遺番匠」で、友二は「簾ことの死」と題して、早速の追悼文を書いている。

「簾ことが急逝した」で始まる文章は、ことの葬儀に多くの「鶴」会員が参列して別れを惜しんだ様子が詳しく述べられている。

その日、友二は、椿山荘で開かれた水原秋桜子の芸術院会員入りを祝う会を中座した。友二に耳打ちされるまで何も知らなかった石川桂郎は驚いてたちまち泣き出した。車の中でも泣き続け、「俺の、たった一人の、女友達だったのに」と繰り返し泣いたという。付き合いの長かった桂郎の悲しみが思われる切ない話である。

友二はまた、こととの初対面の印象を、まるまると太った、赤ら顔の、男のようながらがら声をした、およそ書く文章からは想像もつかない女性だったと述べている。年頃の娘らしい含羞や殊更の飾りもなく、淡々として気持ちよかったが、物を書いてゆくには、どこか一癖欲しいという意味で物足りなさを感じたという。しかし、ことの天真爛漫《らんまん》な性格には好感を抱いたことが読み取れる滋味にあふれた追悼文だと思う。

次号の「鶴」七月号は、早くも「簾こと追悼号」として発行されたが、巻初の自選欄から「簾こと急逝」の前書がついた句を抜き出してみる。

柿若葉眩しむ眼してひとりイつ　石川　桂郎
風光り簾ことはもう居らぬなり　小倉栄太郎
一盞を女仏〝こと〟春惜しむ　川畑　火川

面影のまざと明るし遊蝶花　苅谷　敬一
春の虹泣き癖ことはもう泣かず　岸田　稚魚
霞みつつ遠き冴となりにけり　小林　康治
げんげ田を人踏みてけり縁由な　原田　冬水
花蘇芳喪の長身の林之助　細川　加賀
蘇芳の風小さき全き骨ひろふ　本宮銑太郎
同病の死や薄日して枸杞の雨　森　総彦
六月や喪の句ばかりに縛さる、　星野麥丘人

稚魚の句は、嬉《うれ》しいと言って泣き、悲しいと言っては泣いたということへの、永訣の餞《はなむけ》の句といってよい。

「鶴俳句欄」には、波郷夫人あき子の二句が目を引く。

幟ことさんを悼む

花山椒誰をも待たず逝きしかな　石田あき子

わが写せしは二日前なり

黒椿まざと遺影となりにけり

岸田稚魚の「簱こと論」は、戦前の「鶴」以来の誼《よしみ》から語る、遠慮のないしかし稚魚らしい優しい配慮のうかがえるいい文章である。句にまつわるエピソードを紹介し、折々の時期の作品に触れながら簱ことの実像を浮き彫りにしてゆく。

焼 野 ゆ く 四 十 女 の 重 さ も て　　こ と

右の句は、亡くなるひと月前の三月の句会に出されたものだが、稚魚は「今迄の少女趣味から脱し、恥らわず、衒《てら》わず、真正面を向いて堂々と歩く四十女の徹しきった人生観を見、威圧される思いがしたのだった。私は簱ことの俳句を期待した」と述べ、もはやそれの叶わなくなったことを嘆いている。

「簱こと追悼記」は、「鶴」婦人句会などで親しかった殿村菟絲子《としこ》、島村時子、松谷みどり、金田あさ子、小坂順子、山田みづえ、風間ゆきらが書く深切なる追悼文である。年頃も近い同好の仲間がいたからこそ、ことは理解され楽しく俳句を続けていくことができたのだと、改めて追悼文から思うことが多かった。

「鶴俳句の諸作」は、波郷が当月の雑詠の選評を書く欄だが、二頁全部をことのために費やしている。呼吸困難のため前年二度の入院をした波郷を見舞いにきた彼女に、低肺機能者が必ず陥る心臓障害を懸念して、適切な処置を受けるようにと忠告したのに、ことは行動に移さなかった。その優柔不断が自らの命を短くしたのではないかという、憤りに似た空しい思いを述べている。

俳句に関しては、戦前からの女流の秀野、文子に比してユニークな感覚をもち、完成度の高さでは「鶴」随一だったと評価を下す。病人特有の好奇心や、物怖《ものお》じしない世間知らずの性格が、よきにつけあしきにつけ衆目を集めたが、誰からも憎まれず、豊かな表現力を身につけていったと、波郷特有の流麗な文体で綴られている。こと、以て瞑《めい》すべし。

余談ながら、波郷の「鶴俳句の諸作」は、こののち書かれることはなかった。

さらに九月号には、ことの追悼句会報が二つ載る。

暑しとも暑しこと女の百ヶ日　友二
炎天の何処かにことの声のして　みよ治
梅雨つつむ君が表札無き門を　林之助
絵扇やことと在りし日のごと集ふ　まさ子
手向けとす水中花水溢れしめ　みづえ

一度会いたかった簾ことの周辺を読んでいて、ゆくりなく遠い日の「鶴」に出会い、何度も胸迫る思いを味わった。

あの篤い日は、もう帰らないのだろうか。

なみだして

――松山にて

今年（平成十八年）二月、第二回芝不器男俳句新人賞の授賞式のため松山市へ行った。授賞式関連のスケジュールの合間を縫って、一昨年の波郷忌に建立除幕されたという石田波郷の顕彰句碑を訪ねた。

市内持田町一丁目、愛媛大学教育学部附属小学校の運動場に背を向けるかたちで、広い道路に面してその碑は建っていた。

遥かなる伊豫の國幾年會はぬ母を思ふは

なみだしてうちむらさきをむくごとし

人はみな旅せむ心鳥渡る

高さ二メートル、厚さ二十センチ、間口五メートルほどの四曲の屏風《びようぶ》状をした黒御影石のそれは、下の部分を波の形に黒く研ぎ出して、その波に戯れる数羽の千鳥を彫り貫き、上の白地の部分に右の波郷の二句を、自筆ではないが雄渾《ゆうこん》な筆跡で刻んだ、実に堂々とした風格ある句碑であった。

建立に当たったのは石田波郷顕彰会という当地松山の有志による団体で、碑には会長熊野伸二氏の撰文による「顕彰題辞」が添えられている。六百字ほどのものながらまことに意を尽くしたもので、建立の趣意がよく伝わる。冒頭のところを書き写す。

石田波郷は二十世紀俳壇を代表する松山出身の俳人である　生涯庶民哀歓の場に身を置き韻文の心に徹し人間の詩を歌い続け　後半生は宿痾の病による過酷な生の荒寥に怯まず懸命の創造意欲で自己革新に努め人間探究派俳人の地歩を確立した

「庶民哀歓の場」「韻文の心」「人間探究派」、いずれも波郷を語るとき抜きにすることのできない事項が掲げられている。次いで出生、学歴などの生い立ち、さらに郷村時代に始まる俳句歴、上京後の俳人としての地歩の確立の過程に触れ、波郷が現代俳句に残した業績を讃《たた》えている。顕彰会は波郷の事績の研究を重ねるうちに、真に郷土の誇りとして顕彰すべきだと思うにいたったのであろう。題辞の終わりの部分にはこう記されている。

四三年日中戦争に応召華北へ出征　翌年病を得て爾後の凄絶な病む生の序章となる
四五年病兵で帰還敗戦を迎える　この年戦後初の鶴句会を催し六九年天命尽きる迄断続

的な療養所生活を生涯とし悲愴美を秘めた境涯俳句の名吟を数多く遺した　総ての句は
炎の様な波郷の生命の滴の結晶生の証しである　係累への恩愛句溢れる人間愛句松山へ
の親愛句にその真骨頂を知る　五四年以降没年迄十五年間愛媛新聞俳壇選者として郷土
への貢献は測り知れず俳都松山の名を普遍のものとした
石田波郷は俳壇の巨星　松山が全国に誇れる光である　茲に有志の賛助に依り句碑を
建立し顕彰の篝火を灯す

世間の多くの句碑は、師恩に報いるため門弟によって建立されるのが常のことだが、この顕彰碑は、病涯を懸命に生き切り、生命の滴りというべき名吟を生み出した波郷を誇りとする同郷の有志の意気が結集され、建立にいたったという点で大きな意義をもつ。

顕彰会の面々を動かしたのは碑文題辞に見るとおり、波郷の「悲愴美を秘めた境涯俳句」への感動であり、殊に「係累への恩愛句」「人間愛句」「松山への親愛句」への同郷人としての共感親近であったろうことは想像に難くない。素朴な郷土愛が推進した顕彰碑建立の志を、生前は句碑をもつことに消極的だったといわれる波郷も、微笑をもって受け容《い》れたに違いないと思う。

碑に彫られた二句のうちの前の句は、伊予にあって長年逢うことの叶わぬ母への慕情を詠ったものである。題辞に謂《い》うところの係累への恩愛を述べた句にあたる。

掲句が載る句集『雨覆』によると、昭和二十一年（一九四六）作。当時の波郷は華北出征、戦地における発病、内地送還、そして日本の敗戦と、目まぐるしく変転極まりない境遇を経験したが、その波郷を、唯一不変なるものとして支えてきたのは母の存在ではなかったかと思われる。

〈うちむらさき〉は朱欒《ザボン》の一変種で、果肉が紅紫色を帯びているものをいう。子どもの頭ほどもある大きな実を膝に載せ爪を立てて分厚い皮を剝《む》くと、中はほのぼのとしたあけぼの色。波郷はそこに豊饒なる母性を感じたのであろう。荒寥《こうりょう》とした頃日《けいじつ》、われに母在りの思いがどれだけ大きな慰撫となったことかと思う。

波郷には父母や兄弟姉妹を詠んだ句が多く、恩愛あふれる家族のなかで育ったことを示している。わけても母の句はその数も多く、いずれも情愛深く詠み出されて、波郷の人間性の一端に触れる思いがする。

母ユウは敬虔《けいけん》な仏教徒で、慈悲深くおだやかな性格の人だったというが、波郷がその母の恩愛に気づいたのは、おそらく上京して一人暮らしをするようになってからではなかったろうか。

隙間風兄妹に母の文異ふ　『鶴の眼』
椎若葉一重瞼を母系とし　『風切』
紫蘇濃ゆき一途に母を恋ふ日かな
濡縁に母念ふ日ぞ今年竹

初期作品から母を詠んだ句を挙げた。昭和七年、単身松山から上京してきた波郷は、たちまち都会生活に慣れ、〈バスを待ち大路の春をうたがはず〉〈あえかなる薔薇撰りをれば春の雷〉〈プラタナス夜もみどりなる夏は来ぬ〉（以上『鶴の眼』）といった清新な青春俳句や、〈初蝶やわが三十の袖袂〉〈朝顔の紺のかなたの月日かな〉〈霜柱俳句は切字響きけり〉（以上『風切』）といった格調高い作風で俳壇の注目を浴びたが、その波郷にここに見るような初々しい母恋の句があることを悦《よろこ》びたい。

春夕べ襖に手かけ母来給ふ　『惜命』
蝶燕母も来給ふ死に得んや　『雨覆』
　母帰郷
満天星に隠りし母をいつ見むや　『雨覆』
金の芒はるかなる母の祈りをり　『惜命』

昭和二十三年、波郷の病状は進み、胸郭成形手術を受けることが決まった。松山からは母が看護のために上京したが、体調が整わず手術は延期され、母はやむなく帰郷した。掲句はその間の経緯を語るものだが、ことに四句目は、半年後にようやく手術に臨むことになった波郷の、母への限りない思いを伝える絶唱とされる。

螢火や疾風のごとき母の脈
母病めり橙の花を雀こぼれ　『春嵐』
秋いくとせ石鎚山《いしづち》を見ず母を見ず
母の目の裡にわが居り石蕗の花　『酒中花』
父亡き後けふ母亡しのふところ手
母亡くて寧き心や霜のこゑ

昭和二十九年と三十六年の二度、波郷は母危篤の報に松山へ帰っている。幸い二度とも命を取りとめたが、旅行するには決して万全の体調ではなかった波郷の、母を思う篤い心を今さらに思う。

〈母亡くて〉の句の初見のとき、〈寧き心〉とは何事ならんと思ったものだが、親を失う年齢になってやっとそのことが理解できるようになった。それこそが母堂の波郷への慈悲の心であったということもである。

先ごろ、必要があって『雨覆』を読んだ。〈うちむらさき〉の句の少し前に、南方で戦死した弟を悼む句が載っている。

ビルマより還らぬ弟に

心づけば汝を待居たる春隣　『雨覆』

末弟つひに還らず父母亦遠し

何も彼も遥に炭火うるみけり

前の句には兄としての思いがしみじみと籠り、後の句には子に先立たれた父母のやるせない悲しみへの思い遣《や》りがある。その二句の延長として〈うちむらさき〉の句を読むとき、句碑を前にして感じた、ひとり波郷の母への慕情の句としてしまってよいものかどうか迷う。

話を顕彰句碑に戻すと、もう一つの句〈人はみな旅せむ心鳥渡る〉は、没後に刊行された遺句集『酒中花以後』に載り、昭和四十三年作、波郷最晩年の句である。そのころすでに波郷は旅どころか手洗いに立つことさえ息苦しく、酸素吸入器が離せない状態だった。それでも生きることに希望をもって、命と向き合う凄絶な一日一日を過ごしていた。病のために断念したことは数限りなくあったろうが、その一つとして旅は終生憧れに終わったといえる。時あたかも渡り鳥の季節、人生漂泊の心を遠く悲しく詠い上げたものとして忘れ難い。

不可能なるものに旅あり粽解く　『酒中花』
ほしいまま旅したまひき西行忌
旅したしとも思はずなりぬ落葉ふる
人はみな旅せむ心鳥渡る　『酒中花以後』

最後の二句集から旅の句を引いた。こうして見ると、〈鳥渡る〉の句にいたるまでに、いささかといえど未練葛藤があったことが見てとれ痛ましいが、波郷はそれをも人の世のこととして受け容れ、〈鳥渡る〉の句の境地を得たと言ってよいだろう。信心深かったという母の慈しみの教えをここに思うのは強引に過ぎるだろうか。

波郷の顕彰句碑を松山に訪ねたのは二月、周辺はまだ冬枯れのなかだったが、背後には大きな銀杏《いちょう》の木が枝を張っており、秋の黄葉のころが思われた。

昭和四十四年十一月二十三日、黄葉した大銀杏を見ながら武蔵野の面影の残る道を波郷の告別式に急いだ。あんなに見事な黄葉を見たことがない。それ以来、銀杏といえば波郷を思い出す。遥かなる伊予の大銀杏を目印に波郷の魂は鳥となって句碑を訪れるに違いない。

Ⅱ

「鶴」をめぐる交わり

初便り

初便り皆生きてゐてくれしかな　友二

初便りは新年になって初めてやりとりする便りのことだが、日頃会う機会の少ない遠方の知己が近況を知らせてきたり、こちらもちょっと改まって、今年こそはと年頭の抱負を書き送ったりする。虚礼を云々《うんぬん》される年賀状と違って、しみじみとした思いを伝える手段として好ましい。

友二の〈初便り〉の句は歳時記に例句として採録されることが多いが、昭和二十一年（一九四六）作、と聞けば〈皆生きてゐてくれしかな〉の感慨は自《おの》ずと理解されるだろう。敗戦から半年も経たないうちに迎えた新年だったが、その年の正月ほど、日本中が生きていることを実感したことはなかったのではないかと思う。

友二自身、前年の三月の空襲で家財一切を失って故郷の新潟へ帰り、そこで終戦を迎えた。

その年の秋、川端康成氏から上京を促され、戦災を免れた鎌倉で友人の林浩氏宅の一間を借りて戦後の生活が始まったのだった。

この句が「鶴」鎌倉句会の新年句会に投句され、皆の評判がよかったというのも当然のことであった。

暮れ（平成十八年）の掃除をしていて、古いものを入れている箱の中に、師友二から戴《いただ》いたはがきを何枚か見つけた。

そのなかの一枚は、大船局の消印で日付は昭和五十九年十二月二十五日となっている。全文を記すと、

鶴一月号の御文章「兄妹の刻」を薫高く拝読。当時の波郷眞砂子の兄弟の面影懐しく回想させて頂きました。処で唐突な話となりますが、あなたから小川千賀さんへハガキで結構ですから、入院の餘後は無理せず静養専一にとお奨《スス》め下さいませんか。一緒に旅行するといつもいの一番にあなたへハガキを書く千賀さんが思ひ出されます。杏太郎さんの話では、少し楽観し過ぎて無理される様に見えるとのことでしたので。

とあり、「十二月聖夜の昼」と結んである。

師の目にとまった「兄妹の刻」というのは、そのころ刊行された朝日文庫の『石田波郷集』の感想を「鶴」に書いたもので、こんな雑文まで読んでくださっていたのかと恐縮したものである。

兄妹に蚊香は一夜渦巻けり　　波郷
隙間風兄妹に母の文異ふ

俳句を始めた学生のころ、波郷俳句はなかなか手強くて、取り付きにくいところがあった。ただ一つ、妹の眞砂子さんとの下宿暮らしを詠んだいわゆる兄妹ものは、同じ境遇にいたときだったのでよく理解できた。そこで私も兄妹の句を投句したら採ってくださったのである。その思い出の句を文中に引き感想文としたのが「兄妹の刻」だった。師は師なりに、昭和十三年ごろの波郷兄妹の面影を懐かしんでくださったというわけである。

こちらが師の本意であった千賀《ちか》さんへ静養を奨めるはがきを書くことは容易《たやす》いことだったが、師の心配をよそに、誰の忠告も聞かない千賀さんに周囲の人たちが困惑しているであろう様子が見えてちょっと可笑《おか》しかった。

千賀さんは本名を小川蔵吉という。俳号だけ見るとよく女性と間違われていたが、友二より三、四歳若く、駒込生まれのさっぱりした気性の人だった。戦前の「鶴」「馬酔木」の投句歴をもち、若いときから「馬酔木」で鍛えてきただけあって、流麗な調べに乗せて下町の人らしい人情味ある句を得意とした。

波郷が出席した「ゆし満《ま》」のしらうめ句会の幹事を、最後まで通したことにも実直な人柄がしのばれるが、「ええ、波郷先生がおっしゃったことですがね、色ヶ浜のますほ貝、あれは俳句に効くそうですよ」と、私たちを煙《けむ》に巻くことも忘れなかった。

会社勤めを退いてからは俳句三昧に徹し、友二が行くところへはどこへでも随行した。よく気がつき、そして気のおけない千賀さんを、晩年の師が頼りにされているのが、私たちにもよくわかった。

師友二からはがきを戴いた年の九月末、奈良で開かれた「鶴」の全国鍛錬会に友二は出席したが、千賀さんは見えなかった。軽い脳梗塞を患っておられると聞いていたが、そのことを友二は心配していたのだった。その心配をよそに千賀さんは静養に専念せず、少しよくなると、あちこちと出かけていたのだろう。前年、友二が四か月におよぶ入院をしたとき、ほとんど毎日のように千賀さんは友二を見舞ったそうだ。その千賀さんの身を気遣い、私などに諫《いさ》めよとおっしゃる胸中を推し量り、今さらながらお二人の強い絆《きずな》が思われてならなかった。

「兄妹の刻」が載る「鶴」一月号には、友二を心配させた千賀さんの病中の句が載っている。

病院の窓に並べて椿の実　　千賀

見舞客は林之助夫妻露けしや

もう一枚のはがき

もう一枚、触れておかねばならない師友二から戴いたはがきがある。

それは、昭和五十九年（一九八四）四月、第三十回角川俳句賞に私の入賞が決まったとき、早ばやとお祝いの短歌を一首したためて送られてきたもので、日付は四月十二日、後述する〈おみさまが〉という短歌がはがきの一面に二行に分けて書かれている。澱《よど》みなくやや左に流れる当時の友二の特徴ある筆跡は、いま見ても懐かしい。

友二はそのころ、右眼白内障の手術のため、御茶ノ水駅に近い本郷順天堂医院に入院していた。三月三十日から四月二十六日の退院までの日録が、「外泊二十八日」と題して「鶴」六月号と七月号の「日遣番匠」に載っている。手術の見通しも明るく、また術後の経過もよくて気分も安定していたのであろう。俳句だけでなく短歌を交えた病床の記録は、失礼な言いようだが闊達《かったつ》なもので、読んでいくうち師の思いもかけないふだんの顔に接することができ、いっそうの親しみを覚えたものである。

ちなみに、私へはがきをくださった日のところは、

十二日。（木）

や、冷えて四月の街の朝日澄めり

本郷や四月のビルの朝鴉

昨日千賀さんより知らされたる大石悦子さん角川賞受賞を祝して悦子さんへハガキ

おみさまが角川賞を得られしとその吉報を千賀ぬしより

夜七時頃、小坂順子さん飄然と来室。5.9 6.0 6.2

とある。終わりのところの数字は、朝昼晩の検温の記録である。

角川俳句賞の選考結果が私にもたらされたのは四月十日のことだったが、先生がそれを早くもご存じで、日を空けず歌まで詠んで祝ってくださったことに悦《よろこ》び、かつたいへん恐縮したものだが、後日、「日遣番匠」のこのくだりを読んで、千賀さんの連絡だったことを知った。

もっとも、先生の手術予定日は十日だったが、当日、麻酔注射に手違いがあって中止となり、一週間延期となったため、私へのはがきを書いてくださることになったわけで、予定ど

おりだったらペンを持たれるどころではなかったであろう。まことにありがたい縁を負った一葉だといえる。

その一報を届けてくださった千賀さんは駒込に住み、毎日のように病室を訪れて友二の話し相手をしていた。ある日の記録に「千賀さん二時過顔見せてくれる。この大人、自宅が、此医院までバスで二十数分の距離にあつたとはいへ、毎日、幼子の為に子守唄を聞かせてくれるやうに、わざわざの歩を運んでくれられる。寔《まこと》に以て恐縮の限りであるが、口に出しては何も言はないこととしてゐる」とあるとおりだが、友二と千賀さんの間の信頼と親愛の深さは、私などの想像をはるかに超えるものだったのだ。

私への祝詞が俳句ではなく短歌であったことを、当時の友二を取り巻く事情を知らない人は不審に思うかもしれない。友二の発表作品に短歌が混じるようになったのは、白内障手術の前年、つまり昭和五十八年の五月末、自分でも「訳のわからない」と言う症状で急遽入院したときに始まる。長い間に進行した糖尿病と、そのために悪化した背中の癰《よう》が原因だったのだが、その痛みと昏睡《こんすい》状態が「鶴」五十八年八月号では次のように詠まれている。

割 る ご と 痛 き 肩 抱 き 夕 永 き
子規の苦患かかるものかは五月闇
短 夜 の あ は れ 一 遍 死 に の 助

「鶴」は次号九月号が復刊三十周年記念号だったが、そこにいきなり「退院まで（一）―四十八文字混詠―」として、思いもよらない俳句（百四十一句）と短歌（百三十三首）からなる病床記録が載り、私たち連衆を驚かせた。「四十八文字混詠」という副題に友二らしいユーモアさえ今は感じるが、翌年の一月号まで五回にわたる連載は、次第に短歌の占める割合を増していった。そのことは稿を改めて考えてみたいが、結論するには早いとしても、友二のなかで俳句と短歌という形式が自然に機能していたということだけは言えると思う。

四十年余り連れ添ひ来し妻の愛ひたひたに覚えつゝあはれ
省みて妻を欺きしことはなし只浅慮より誤解され来しのみ
夕方の四時より夜の九時までといふ銭湯に妻出で行きぬ

入院中付き添った夫人への素直な思いの表れた歌を混詠のなかから引き出したが、その続きに、私にくださった一首は在るのである。

人の恩

先にも引いた〈初便り〉の句の初出は「鶴」昭和二十一年（一九四六）三月号、つまり戦後復刊号で、一月六日に林浩居で開かれた「鶴」鎌倉句会の報告として載っている。その日の出席者は、友二のほかに林を入れて六人、それぞれの句が記されている。

おもかげの天井仰ぐ初便　　林　浩
寒入りの雪にやならん火吹竹　　清水　基吉
夕ごころあはれや餅を焦しけり　　杉山　岳陽

この復刊号には雑詠欄がないが、代わりに昭和十八年四月号から十九年九月号までの「鶴」に掲載された全作品を波郷が再選し、「末黒曲」と題して載せている。そのなかに林浩は四句、いずれも骨格確かな正調の句が掲載されている。

たらちねの御慾足りぬむぎこがし　　　　浩

大仏の道に出でけり秋の暮

鉦叩机のものに冴えにけり

風花のしづかにくるひそめにけり

同号にはまた新同人の発表もあり、基吉とともに林の名前もそのなかにある。林浩の名前は、友二の周辺を読んでいるとしばしば登場する。戦後、友二が鎌倉に住むきっかけを作ったのが林であり、友二一家にとって大恩ある人物であることを繰り返し述べて、尽きぬ謝意を表している。

〈初便り〉の句は、友二の第三句集『磯風』に収められている。同書は昭和二十一年十月、「鶴」同人でもあった函館の斎藤玄のもとから、壺冊子の一巻として出版された。ほかに相馬遷子『草枕』、石田波郷『病鴈』も同じ句集シリーズとして出たが、続刊予定の石川桂郎、久米三汀、永井東門居らの句集は、諸事の情勢悪化のため立ち消えになったという。

友二は昭和二十年五月、空襲で東京の家を焼かれ、郷里新潟へ疎開し、そこで終戦を迎えた。十月、川端康成の厚情で職を得て東上し、鎌倉の稲村ヶ崎の林浩方に寄寓して新しい生活を始めた。『磯風』はその鎌倉移住からほぼ八か月間の作品二百余句から成るものである。

わずかな期間に『磯風』一巻を編んだことに、後年友二は、「お粗末な作品は作品なりに、一面記録的な面白さを持つてゐて、作者として、主観的に容易くは捨て難いものがある。私の俳句の中心が、作者の狭い日常性に最も深くかかわつてゐる証拠であり、それ故に駄句はそれなりに、個人の生活記録として、純粋な作品価値は如何の問題を越えた哀惜といふやうなものを、作者に抱かせる所以である」と述べているが、戦前に出した句集『方寸虚実』の後書にも、「私の俳句は日々の私の生活の記録であつて、そしてそれで一切である」と書くように、「生活の記録」とは友二俳句を生涯貫いた作句信条だった。

話は前後するが、川端康成から友二にもたらされた話というのは、久米正雄、川端康成、高見順、中山義秀、大佛《おさらぎ》次郎ら鎌倉在住のお歴々を役員に迎えた出版社「鎌倉文庫」の設立の計画で、出版業務に詳しい友二の経歴が買われ、入社を勧誘されたのだった。友二に応諾の躊躇《ちゅうちょ》はなかったが、問題は一家四人の住居のことだった。

その時、援助の手を差し伸べてくれたのが、年若い友人の林浩で、静岡高校在学中に胸を病んだ林は、江ノ電の稲村ヶ崎駅近くに父から一軒家を与えられ、看護婦兼家政婦をおいて、長い療養生活を送っていた。

友二は、林とは波郷出征中の「鶴」の代選をしたころからの付き合いであった。清水基吉が鎌倉に疎開し、林が「鶴」鎌倉句会の幹事になってからは交渉が頻繁となった。林は友二の窮状を聞き、自宅の八畳の間を提供することを申し出たのである。「兎も角も出てお出でなさい。自分の家で明いている部屋があるから、一先づここに落ついて、改めて住居を探すとして、まづ出てお出でなさい」という林の好意ある申し出は、どんなに友二を勇気づけたことだろう。妻子を連れ、所帯道具を提げて、友二が鎌倉へとやってきたのは、昭和二十年十月十三日のことだった。『磯風』には載らないが、鎌倉での第一日は次の句のように始まったのだった。

通草看よ鍋釜持して参じたり　友二

先年、句会で訪れたときに見たこの家の通草棚。まさかここに住むことになろうとは思いもよらなかったが、旧知に会う懐かしさがある。間借りとはいえ、その家の住人となるべく一家をあげて出てきたのだ。「通草よ看てくれ、ほらこうして鍋や釜を提げて、世話になりにやって来たよ」と声をかけずにはいられなかったことだろう。下五の〈参じたり〉という表現に、友二特有の含羞《がんしゅう》がにじんでいるように思える。郷里での半年余、戦災疎開者として肩身の狭い思いをしてきた一家にしてみれば、先行きは知れなくともそこは希望あふれる新天地だったに違いない。

石蕗咲くや親子四人が仮の庵　友二
海鳴の蓼々と冬隣りけり
大年や借り重ねたる人の恩

波音の寄せる温和な湘南の地は、仮の宿りには違いないが、石蕗の花に、また人の恩に、いつしか深くなじんでいったのである。

切通し出て天辺に枯野星　友二
冬椿極楽寺坂徒行けば

ここから友二は東京日本橋の白木屋二階の鎌倉文庫へ通勤した。その途次の嘱目は次第に友二に本来の詩心を取り戻させた。前句、帰りの遅くなった夜、冴々と星を上げた鎌倉の空に、前途をかけて友二は何を祈ったのだろうか。

先述した〈初便り〉の句は、終戦後初めて迎えた昭和二十一年の正月に詠まれたもの。消息を絶っていた人から次々と無事を知らせる便りが来る。日本人が等しく抱いた命あることの歓喜と安堵は、その年の正月を措《お》いてなかったと言ってよい。『磯風』中の白眉とされる句である。その年、友二は数え年四十一歳となった。

初茄子もぎその手もて賜ひたる　友二
鯉幟欲しといはねば子やあはれ

家主の林を、友二は終生家族の大恩人として大切にした。初めは半年ほど世話になるつもりだった稲村ヶ崎の暮らしが、前後六年間にもおよんだことは、友二が言うように物臭《ものぐさ》な性格もあったかもしれぬが、林の一家をあげての清らかな人情に支えられたのが最大の理由だったろう。

庭の菜園で採れたといって、丹精した紫紺の初もぎの茄子《なす》をもらうことがあった。また頑是ない友二の子どものために、林とその長兄が和紙を張り合わせ、墨と絵具で彩色した大きな鯉幟《こいのぼり》を作り、吹き流しまでつけて庭先に立ててくれたこともあった。薫風にはためくその有様に、幼子の歓びはいうまでもなく、父親としての友二も胸の熱くなるのを禁じ得なかったという。

『磯風』は、八か月間という異例ともいえる短期間の作品を編んだ家集だが、生活上の不如意はそれとして、友二の健康で逞《たくま》しい精神に貫かれた一編といえる。友二の真情は「あとがき」にあるとおり、誠の限りをもって接してくれた林とその一家への感謝の衷情であり、同書献呈の志が述べられているのが印象的である。

林は療養に努めた結果、完癒に近い状態となり、その後従兄の経営する会社に迎えられ、福岡の古賀に移り住んだ。

上京二句

元日の松籟のもと母ゐませり　　　　　浩
歯抜けなる酒呑童子の酒二勺
鉄板の一枚の雪いつまである

「鶴」昭和二十八年四月号〈戦後第二次復刊号〉に、「福岡　林浩」として右の三句が載っており、二句目の〈酒呑童子〉の句は、「鶴俳句の諸作」に取り上げられ、波郷の懇切な鑑賞文をもらっている。しかし、実業が多忙だったのか、鎌倉の仲間から離れたせいか、いつのころからか林は俳句から遠ざかってしまった。

筑前古賀、林浩方にて

鎮西のさくらや幾日子と隔つ　　　　友二

地方の支部から招かれて旅に出ることの多い友二だったが、九州へ行くことがあれば、古賀に住む林に会うのを愉《たの》しみにしていた。

昭和二十九年、「鶴」は復刊一周年を期して各支部で大会が開かれた。九州地区では行脚の最終地を古賀にして、林宅を訪れて一泊した。林は、戦後、長らく住まいを提供してくれた大恩人であり、幼い友二の二人の子には肉親の叔父のような存在でもあった。当時の思い出話は子どもの上におよび、友二に長旅の感傷を誘ったものであろう。

林浩君を古賀中央病院に見舞ふ

秋燈下笑みさえさえと病快し　　友二

昭和四十七年、林は腹部の手術を受けた。友二が見舞いに行くと、もう大丈夫ですよと笑ってみせたという。律儀で人情篤い、友二の一面を見せる句である。

その三年後、林の病気は再発した。友二は、入院中の林からもらった手紙の全文を、小樽の千葉仁の「さるるん」十七号に、「林浩君の手紙」として載せている。昭和五十年一月十一日の日付のあるもので、淡々と病気の経過を述べ、癌の疑いを否定し、再び「鶴」を購読しようと思う、と述べている。その七か月後、林は肺癌の転移で亡くなった。五十九歳という若さであった。

林浩君八月十二日逝きしと

うつつの目に夾竹桃を映せども　　友二

友二に、『とぼけ旅人』という俳句随想集がある。昭和二十一年から三十年ごろまでの短文を集めたもので、『磯風』の時期と重なるところがあり、貴重な資料でもある。私はこの本を福岡のある古書店で求めたが、きれいに読まれたことのわかるものであり、扉には、見覚えのある友二の字で、「林浩様」とあった。

小説家石塚友二

残念なことだが、石塚友二が小説家であることを知る人は少なくなった。たとえ小説家であることを知っていても、その作品を読んだという人は多くないのではないかと思われる。かくいう私も、単行本として出ているものは承知しているが、なかには入手不能のものもあり、全部に目を通したわけではないので、門下として不甲斐《ふがい》ない思いに駆られる。

友二の著作は創作集として、『松風』（昭和18年〈一九四三〉）、『青春』（同19年）、『渚にて』（同22年）、『青野』（同23年）、『橋守』（同23年）、『田螺の唄』（同48年）があり、随筆集には、『冬鶯』（昭和18年）、『とぼけ旅人』（同31年）、『春立つ日』（同48年）、『日遺番匠』（同48年）などがある。

句集の方は遺句集を含めて八冊、すなわち『百万』（昭和15年）、『方寸虚実』（同16年）、『磯風』（同21年）、『光塵』（同29年）、『曠日《こうじつ》』（同41年）、『磊磈《らいかい》集』（同51年）、『玉縄抄』（同60年）、『玉縄抄以後』（同62年）である。

大正十三年（一九二四）十八歳のとき、叔父を頼って上京した友二が、菊池寛の書生那珂孝平の伝で東京堂書店に就職できたことや、さらに孝平の紹介で横光利一の門下に加えられたことが、作家石塚友二誕生の端緒となったという経緯はすでに述べたが、そこから始まる作家への道のりこそ厳しく険しいものがあったのである。

昭和七年、ほぼ八年間勤めていた東京堂を辞めたのも、横光のもとに出入りしながら一篇として師に見せうる作品が書けなかったという焦りが、執筆に専念できる環境に身をおきたいとの思いを促したものでもあったろう。

その結果、書物展望社で随筆雑誌「文体」の編集に携わったり、「文学クオタリイ」「新早稲田文学」「文芸汎論」などに同人参加したりして、二十代の後半を精力的に執筆活動を続けたのであった。

そういった状況に大きな進展をもたらしたのは何といっても出版社沙羅書店の開業だった。友二の初めの目論見は出版業を軌道に乗せて、自らは創作に打ち込もうというものだったが、水原秋桜子や石田波郷に近づき、その句集を手掛けたことから俳句との関わりが深くなり、「鶴」の発行所まで引き受けて、思わぬ多忙な日を送ることになったのだった。

今そのいきさつは措くが、諸事情の下にあって、友二は小説より早く俳句で家集を二冊ももつことになった。昭和十五年に出た第一句集『百万』は横光利一と水原秋桜子への献辞を巻初に掲げるが、巻末のあとがきにあたる「自伝」には、さらに次のように書いている。

私が曲りなりに今日を得たことはその殆どを横光利一氏の厚い庇護と慈悲の訓へによつて齎されたものであるといつて過言ではない。俳壇的には専ら水原秋桜子氏の愛情に充ちた導きを得た。（中略）それにしては形容孰れも貧しさに尽きる思ひに堪へないのであるが、私が初めて世を通る切符のこれが第一号であることに免じてせめて宥して頂きたい。

第二句集『方寸虚実』は翌十六年に出版された。ここに横光は序文を寄せているが、文学者特有の感覚と文体による友二俳句の考察は、私には少し難しい。『方寸虚実』の出版記念会で祝賀スピーチの指名を受けた横光は、頑として応じなかったという噂だが、友二は小説の弟子が先に俳句集を出すことを、師恩への負債として感じ取っていたように思える。句集後書に「私の俳句の師は水原秋桜子氏であるが、二十年近く身を以て教へられて来た文学上の師横光利一氏の恩は如何にしても忘れ難い」と述べている。

わが恋は失せぬ新樹の夜の雨　『百万』
金餓鬼となりしか蚊帳につぶやける

胸重く片かげ戻る人の恩
鳥渡る着のみの肩や聳えしめ
肩かけの臙脂の滑り触れしめよ

ところで、友二が小説家として世に出ることになったのは「松風」であった。その成立について触れると、友二は「俳句研究」の昭和十六年九月号に「冬鶯」と題する川端茅舎《ぼうしゃ》の追悼文を発表したが、それを読んだ横光から早速、「この調子で小説を書くならば成功疑いなし」という速達はがきをもらった。師の励ましに奮起した友二は、その日から猛然と執筆に取りかかったのであった。

主題は友二自身の結婚と決めた。実はその年の四月、友二は長い独身生活に終止符を打ち松長茜と結婚した。三十五歳になってまだ独り身の息子を案じる年老いた両親を待たせるのも、そろそろ限界という時期に差し掛かっていたこと、友二自身にもその自覚が生じたこと、何より申し分のない女性の出現があったことが結婚話を進めたのであったが、その経緯を父母や兄弟に報告する思いを込めて、五十枚ほどの短篇に書き上げ「松風」とした。「松風」は翌十七年二月号の「文学界」に掲載された。

横光はその題を聞いただけで、成功間違いなしと言ったそうだが、はたして「松風」はその年の上半期の芥川賞の候補となり、最終の二編にも残った。受賞者なしという結果に終わったものの、友二には夢のような出来事だった。

さらに翌年、「松風」は第九回池谷信三郎賞を受賞し、少し遅い文壇へのデビューを果たしたのであった。

ちなみに「池谷信三郎賞」とは、昭和八年三十三歳で早世した小説家であり劇作家であった池谷信三郎を顕彰して、文藝春秋社により設立された新人のための文学賞で、第一回は中村光夫と保田與重郎に与えられている。池谷信三郎は明治三十三年東京に生まれた。青春期からモーパッサンの全短篇をはじめ外国文学に親しみ、東京大学からベルリン大学に留学。渡欧経験を書いた「望郷」で文壇に登場した。菊池寛や久米正雄に識《し》られ、片岡鉄平、川端康成、横光利一らとも親交があったという。結核を病み、死にいたるまでのわずか九年間に約六千枚を書いたといわれ、余人をよせつけぬ新感覚の作品をもって、その夭折が惜しまれた。なお、この賞は第九回をもって了《おわ》ってしまった。

蛇足ながら、友二の池谷信三郎賞の受賞パーティの写真があるので触れておく。一葉は昭和十七年の撮影。三好達治、永井龍男、河上徹太郎、川端康成、山本健吉、石川桂郎、小林秀雄、横光利一、田中午次郎、小山書店小山久二郎の諸氏に、花束を抱いた友二が人の後ろから顔をのぞかせている。もう一葉は昭和十八年二月、神田今文の座敷で撮られたもの。友二を中心にして、大島四月草、山本健吉、石田波郷、菅生三協美術社長、石川桂郎、志摩芳次郎、吉川春藻、田中午次郎、斎藤砂上、蒲生光義ほかの諸氏で、こちらは「鶴」の祝賀会であろう。いずれも出席者の顔ぶれが多彩で、友二の交誼の広さが思われる。

「松風」は翌十八年八月、ほかに「郭公」「星」「流氷」「菊の秋」「十年」の短篇五編をあわせ、初の創作集『松風』として小山書店から出版された。巻末の七頁におよぶ「あとがき」は「松風」成立の内側を余すことなく語っており、それだけで掌篇を読む思いがする。私小説作家石塚友二誕生を記念するものでもあるので、長いが以下に抄出を試みる。ただし原文は旧仮名遣いである。

小説を書くことは、生涯の念願をかけた一途の道であったが、自身の力に対する不安から、二十代のある短い時期を除いて長い間何も出来なかった。一年に一度か二度、衝動に駆られて筆を持つのだが、読むに耐えぬものしか出来ず、才能がないのではと悩んだ。しかしこれを断念するには長い年月の妄執が沁み過ぎていたし、初意を放棄することは私の不面目ばかりでなく、父や肉親に対する一種の裏切りであった。物を書く人間になるという言挙げが、私の存在を唯一言い開くことだったので、その證明のためにも身を賭ける責任が私にあったのである。才能の乏しさはもはや弁解にならず、あくまで初志を貫くべく立ち直らねばならぬと思った。そういう折の光明は、胸痛いまでに負う、人の恩に報わなければと念ずる思いであった。

執筆は遅々と進まず、一枚に数日を費やすことは稀でなく、幾度となく投げ出したくなったが、筆下ろしの一編を仕上げる根気なくして文筆の将来はないと重い筆を取った。やっと仕上がった『松風』を知人の雑誌編集者に渡したのは、彼を通じて横光に伝わることを願ったからだが、一生に一度は横光に褒めて貰える小説が書きたい、という悲願はここに叶えられたのであった。

長いあとがきは終わりに、友二がひそかに芥川賞受賞を望んでいたことを明かしているが、実現したら家郷の人たちを喜ばせ、上京してからの二十年が無意味でなかったしるしともなろうと述べているところなど胸に迫る。私の知る晩年の師友二の無骨で無器用な生き方が懐かしく慕わしく思い出される。

小説はほかに「橋守」も面白い。短歌雑誌の編集者小田と狩野派の画家是枝とその家族との交遊を、是枝の娘の結婚話をからませて描いたものだが、近いところでモデルとなった人物が思い浮かぶ面白さでもある。読み方としては邪道なのかもしれないが、「鶴」の創刊号の表紙は三羽の折鶴を四隅の角を落とした枠で囲んだものだが、第二号のそれは折鶴の図柄はそのままにして、枠が取り払われている。雰囲気の違いを写真で見たときなぜだろうと怪《け》訝《げん》に思ったが、「橋守」でその理由を知り、友二の書く小説の素材についても興味をもった。

「田螺の唄」は友二の自伝小説というべきもので、雑誌「俳句」に連載されたものである。「田螺」とあだ名された学業には秀でるが、色の黒い背の低い少年が、文学への漠然とした憧れを育ててゆく過程において、思惑のからむ人間関係を活写しながら展開する物語の面白さは格別だ。

『田螺の唄』に収められている「流星」は、長い間の波郷友二の付き合いから見た波郷像を、その没後に書いたものだが、その時々の二人の立場を心情深いところまで掘り下げ、しかもクールに書いているのが印象的だ。〈小説〉とわざわざ冠したのは、友二の含羞かそれとも矜持だろうか。これだけ違う二人の師についていたのかと、読後に呆然《ぼうぜん》とした記憶がよみがえった。

生き方がすでに私小説作家的であるといわれた石塚友二の小説は、読むほどに人生の深い味わいがする。

『松風』をめぐって

わが恋は失せぬ新樹の夜の雨　友二

いきなり失恋の句を掲げたが、これは石塚友二の第一句集『百万』に載り、昭和十二年（一九三七）作というから友二三十一歳のときのものである。

失恋といえども甘美な味わいがするのは、〈新樹の夜の雨〉から想起される情趣のせいだろうか。師の青春を思い、失恋の師に親しみさえ覚えたものだった。

そもそもこの句は、「馬酔木」雑詠欄新樹集に入選したもので、選者水原秋桜子によって俳句の進路を開かれたというべき思い出の句であると、友二自身述べている。


ここに昔の恥を改めて公開するのも面映い限りながら、私はその時、同棲した女人に逃げ出されて惑乱していた。何もかも投げ出したい一種棄鉢な気持に駆られ、思い切って、恥を晒すつもりといっても、天下にではなく、秋桜子先生その人の前に、である。採用は期待しなかったといえば嘘になろう。が、採用されては、少しばかり困るという気持のあったことは確かであった。それが他の二句と共に入選したのである。そして意外にも好評であった。目の鱗が落ちるまでは行かなかったとしても、俳句の一方向を、この時朧気にも自得したとはいえるであろう。つまり俳句に於ける私というものの主張である。私俳句なるものが存在を許されてよいと、というより、花鳥風月を擦《なぞ》る形にも見受けられる俳句は、もはや私俳句にその席を譲るべきではないか、そう考えることの端緒となった。

以上は随筆集『春立つ日』の「私俳句」からの引用だが、「私の俳句は日々の私の生活の記録であつて、そしてそれで一切である」という友二の俳句観にも通底する、重要な意味をもつ句だったのかと見直したものだ。単なる失恋の句などではなかったのである。ついでながら掲句とともに入選した他の二句は次のとおりである。

新樹照りいたむこゝろぞ耐へ難き
短夜の不眠のなげき日が黄なり

先に述べたように小説「松風」は、芥川賞の最終候補にもなり、友二の出世作となった短篇の題だが、そのなかにこの〈わが恋は失せぬ〉の句が挿入されている。

昭和十六年四月、三十五歳の友二は長い独身生活に終止符を打ち、松長茜と結婚した。その経緯を五十枚ほどにまとめたものが「松風」であるが、そのあらすじは次のようなものである。


郷里から上京してきた兄が、年老いた両親の「自分たちの眼の黒いうちに身を固めて貰いたい」という、私への切なる希望を伝えていった。三十五歳にもなった私（津森）は、具体的な当てもなかったが、相手が見つかり次第、なるべく早く結婚する心算だと、両親への伝言を託した。

ちょうどそのころ、古くからの友人の富岡から縁談がもち込まれた。相手は私に会ったことがあり、私の生活程度もよく理解したうえで、結婚を望んでいるという。しかし私はまったくその人に思い当たりがなかった。

当時、私はある女性に一方的に恋慕していた。両親の懇望もあり、富岡の話を受け入れるにしても、そのことに決着をつけておかねばならないと思い、めんめんと恋情を綴った手紙を書き、相手からの返事を待つ不安な日々を過ごした。

そういうある日のこと、二十年来師事し尊敬する瀧を訪ねたところ、富岡からすでにあらましを聞いていた瀧は、いい縁談ではないかと言い、相手は友人峰本の従妹であると告げた。

それを聞けば確かにその女性とは五年前に富岡の家で会ったことがあり、好感をもった私は即座に、富岡夫人に結婚の仲介を頼んだのだったが、婚約者がいるからと断られた、その人であった。

瀧は私の見込みのない恋愛のことも知っており、貧乏な無名の作家のところへ来てもよいという、峰本の従妹との結婚を強く勧めるのだった。

結局、愛を告白した手紙に返事は来なかった。そのときの鬱懐《うつかい》を俳句に託すと、左のようなものになろうか。

わが恋は失せぬ新樹の夜の雨

富岡に結婚の意思を伝えると、話は急速に進展した。当の琴音が以前心惹かれ結婚を申し込んだ人であることに、私は古風な感慨を覚えた。

交際が始まると、琴音は家族の夕食の支度をした後、私は勤めの帰りに、駅の近くで落ち合い二、三時間を過ごすことが多くなった。それはお互いを理解するための大切な時間となった。

琴音は十六歳のときに母を亡くして以来、一家の主婦として、また幼い弟妹の母親代わりをしてきた。そればかりでなく貧乏をものともしないしっかり者だった。

私の荒れ放題の埃《ほこり》だらけの家に来て、結婚式までにとせっせと片付けもしてくれた。そんな純情一途の琴音を、富岡の細君は嫁入り前の娘に対する世間の常識で縛《しば》ることもあった。結納が取り交わされ、結婚式の日取りも決まった。私の方の親も親族も交えないで進行する事態に戸惑うこともあったが、致し方のないことだった。

結納以来、私は物に憑《つ》かれたような鬱々と心重い日を過ごした。深夜ふと目覚めて、間もなく終わる寒々しい独り寝のことを考えると、予想もしなかった暗鬱な、倦怠《けんたい》とも恐怖とも名状し難い胸苦しさを覚えるのだった。

結婚式は四月の煙るような暖かい雨の日だった。時節柄、遠い田舎からの肉親の参列を辞退したので、私の方は媒酌の富岡を含めて勤め先の主任の片野、俳句の友達の羽剛の三人だけという寂しいものだった。

新婚旅行は伊香保へ行った。琴音は固めの盃《さかずき》のとき父が涙を浮かべていたと富岡から聞き、車中ずっと沈みこんでいたが、湯に入りようやく元気を取り戻した。

私が「ここが二人の長い旅の始まりだ。道連れとして寂しい思いをさせる時もあるかもしれない。どういう点でも自慢のできる人間ではないのだから、よろしく頼んで置きます」と言うと、琴音は「私こそ……なんにもできない不束者《ふつつかもの》でございます。あなたのお思いどおり叱って行って戴きます」と手をついて静かに頭を垂れるのだった。

女中が食事を運んで来て、外は珍しく雪になっていると伝えた。窓を開けて見ると、暗い空から舞い落ちる牡丹雪が、湯町の灯りを斜めに切りながら頻《しき》りに燦《きらめ》き散っていた。

以上がそのあらすじだが、おおよそのところ友二自身の結婚に即して書かれた私小説である。

「松風」とともに芥川賞候補に上ったのは、中島敦「光と風と夢」、波良健「コンドラチェンコ将軍」、藤島まき「つながり」、森田素夫「冬の神」、中野武彦「訪問看護」などで、最終選考には、中島敦と友二の二作品が残った。

川端康成は「松風」を積極的に推したが、久米正雄の、獅子は一度は谷底に落とすものだという一言で、「松風」に傾きかけていた受賞は見送られ、ついに受賞作なしとなった。

芥川賞こそは逃したが、「松風」は翌年の池谷信三郎賞を獲得して友二の代表作となり、友二は小説家として文壇に登場したのだった。

横光利一は「文学としてはこれほどの名文は近ごろ稀であり、美しさを内に包んだ含羞の趣は捨てがたい」と評した。生涯に一度でいいから横光に褒めてもらえるような小説を書きたいというのが友二の長らくの念願であり、公然と友人にも宣言していたというから、その意味では大いに満足であったろう。

その年の八月、「松風」は短篇数編とともに、『松風』と題して小山書店から刊行された。その「あとがき」は気負いの感じられる長文で、「松風」執筆の動機や、誕生までの辛苦、また心から受賞を祈った理由が語られている。

それによると、小説を書くという生涯の念願をここに懸けたうえは、ただ一途《いちず》の道であったが、自信のなさから抜け出せず、二十代のある時期を除いては長い間何もできないできた。しかし、小説を断念するには歳月の妄執が沁み込み過ぎていたし、第一、物を書く人間になるという初志の放棄は、父兄、肉親に対する裏切りでもあった。

そんな状態のとき、雑誌に発表したさる俳人（川端茅舎）の追悼記が甲氏（横光利一）の眼にとまり、この調子で小説を書けば成功疑いなしとの励ましを受けた。長年にわたって受けてきた恩に報いるためにもと一念発起し、翌日からはっきり小説を書くつもりで机に向かったという。

ちょうど長い独身生活に終わりを告げたことや、その結婚式に肉親の誰をも招じ得なかったことなど、心にわだかまるものをこの際書いておきたいという気持ちが湧き、結婚の経緯を題材に選んだのだった。

雑誌に発表されるや評判を得て、思いもかけぬ芥川賞の最終候補に残った。選考が最終段階に近づくに従い、受賞を欲する思いが次第に強くなった。

その理由は芥川賞の歴史や、権威にあった。もし受賞したら、その記事はどんなに小さくとも新聞の学芸欄に出ることであろう。さすれば家郷の誰かが気づくであろう。芥川賞の性格のおおよそは家兄が知っているから、家人にそれを説明し、誰もが歓声を送ってくれるだろう。老父母はむろんのこと兄の家族にいたるまで、受賞の名誉のため、初めて私の志したものの内容に触れ、安心するに違いない。荏苒《じんぜん》と送った東京での二十年が、まったく無意味な年月でなかったことを知らせることともなるだろう。

これが受賞の僥倖《ぎょうこう》を祈った誰にも明かさない心事であった。その含羞ある言挙げこそが、石塚友二という作家をよく表しているように思う。

ところで、「松風」という題は何を典拠として付けられたものであろうか。作品中に「松風」なる語は出てこないし、それらしい場面設定もないのである。

横光は執筆予定の友二に作品の題を尋ね、「松風」にしたいと答えると、即座に、それはいい題だ、きっと傑作に決まっていると、機嫌がよかったそうだ。

一編を貫く清々とした雰囲気は、松を吹く風を聴く趣にどこか似ている。

「祖神之燈」と「八雲」

友二に「松風」を書かせたのは、結婚という人生の転機が、「小説を書く」という生涯の念願を覚醒させたからであり、大仰にいえば、一家を構えたという自覚がおそらく背水の陣を敷かせたものであろう。

また、長らく横光利一の膝下にありながら、先に『百万』『方寸虚実』という二冊の句集を出し、小説家より俳人としての名が先行したことも、律儀な友二にとっては、師への負債となっていたであろう。それらの諸事情が執筆への意欲を駆り立てたのではないかと思われる。

受賞を機に旺盛な執筆活動を展開した友二は、「文学界」や「新潮」などに次々と作品を発表した。十八年八月には、受賞作を含む友二初の創作集『松風』が、小山書店から刊行されたが、文壇の評判を反映したものとみてよいだろう。版元の小山書店は主として文芸物の企画出版で知られた出版社であり、『松風』はＢ６判ながら、新人の著作にふさわしい瀟洒《しょうしゃ》な造本で世に出たのであった。

その勢いに乗って書かれた作品の一つに「祖神之燈」がある。昭和十八年六月に出た雑誌「八雲」第二輯《しゅう》に載るもので、「松風」の続編ともいうべき、結婚の後日談を綴った小篇である。

あらすじは、結婚式に招くことのできなかった郷里の両親や兄弟に新妻を見せに帰郷する、そのいきさつを書いたものである。

書き出しは、「松風」の主人公を悩ましたのと同じく、結婚に関する苦い思い出に始まる。それは一週間同棲しただけで終わった結婚ともいえない過去の出来事だったが、新妻琴音の前では、〝結婚前科犯〟として自らを苛《さいな》む負い目として、長らく心から消えなかった。

琴音は世の常の娘が望む青春を羨まず一家の犠牲に捧げ、それを犠牲とも思わぬ従順透明の資質であった。間違いなく世に最も幸福な結婚を与えられるべき人間の一人であった。自分のように陰のある過去と、貧しい現実と、さらに不安な将来しか予想され得ない心細い配偶者に行き当たった不幸を、琴音に負わせてもいいものかと悩む日が続いた。

自分自身のことを言えば、資質の貧しさに由来する日常生活の寒さは、あるときはむしろひそかな愉しみともなり、それをわが人生の旅路と思い描くことで一種疼《うず》くような孤独の喜びに浸ることができた。さらに、自分の求め辿ろうとする芸術に妻帯は禁忌の最たるものではないかと思い、結婚までの間、眠れぬ夜もあったほどであった。

そうして迎えた結婚式に、息子の結婚を待ちわびていた両親を呼ぶことができなかった。結婚の儀礼として、妻を両親や兄弟に引き合わせることが、この小篇の主題だが、血縁のあたたかい歓迎を受け、また妻の従順透明な資質が周辺に溶け込み、それによって主人公の心が次第に開かれ、魂が救済されてゆく有様を、一編は細やかな筆致で描き出している。

まず手始めに、熱海に住む模型飛行機作りを趣味とする義弟と髪結をしている妹一家を訪ねる。十歳も年の違う妹だったが、すっかり世なれて幸せな家庭を営んでいた。その妹が自分たちの結婚をどう思っているか、また妻は初めて接する自分の身内にどんな感想をもつか、気になる主人公であった。

「二晩泊り、三日目の朝の汽車で帰京した。琴音はこの間に、土地の人も含めて、熱海を好きになつた。さう幾度も口外した。熱海といふ土地は兎に角として、肉親の妹、並びにそれに繋がる秀治の、二人ながらに気に入られたことは、私にとつて何にもまして快く聴けた。今度こそ、結婚の事実に裏打ちされた、両親に嫁を見て貰へることは絶対に確かだ」

この強い確信が、年老いた父母の待つ家郷へと旅心を急かした。母の死後、家事を切り盛りしてきた琴音にとって、これといった旅行の記憶もなく、夫の郷里への旅を愉しみにしていることに、愛憐の思いさえ湧いてくるのだった。

その旅では途中、郡山に住む姉の家に寄り、弟の家族にも会って挨拶を交わした。一泊ののち、新潟の生家に着いた。

琴音からの初対面の挨拶を受けた両親の満足と安堵の表情に、心に浮かぶ親不幸の記憶はこれといってなかったが、ここ数年の独身生活こそが親不幸の最大のものだったかと、改めて身にしみて感じられるのだった。

夜になり、家族が揃ったところで、「嫁取り」の儀式が始まった。

「ランプが灯され、同時に兄の手で神棚に燈明が上がつた。伊勢神宮の御札を中央に、県一ノ宮たる弥彦神社、野州二荒神社の御札を左右に祀つた正面の神棚。恵比須、大黒天の五穀神の御札は左の神棚に。そして奥の座敷には右手に天満天神を祀り、左手には先祖代々の神霊が祀られてゐるのだつたが、その全部の神棚に燈明が上がり終へると、黒光りした四方の柱が遽かに一種荘厳に輝き出し、いかにも新娶りの斎場めいて感じられ出した」

明あかと灯がともされ、八百万《やおよろず》の神と祖神の霊を招来する。これこそが一編のハイライトであり、素朴な、しかし厳粛な嫁取りの場面だったのである。こうして琴音がこの家に迎え入れられたのだとわかると、燃えるような感情が体中に沸き立ってくるのを覚えた。

宴の席で、父は琴音に自分の家だからゆっくりして行けと言い、食べ物を咽喉に詰まらせてしゃっくりをしたので皆笑った。

「暖く、楽しい笑ひだつた。なぜとなく、目の前が俄かに暗くなり、潮のやうにこみ上げて来るものがあつた。私は、咄嗟にも、尿意に耐へざる風を装つて戸外の便所へ走り、手前で立止ると、天を仰いで立ち、息を殺しながら、激動の鎮まりを待った」と、最終章はくくられている。

心を暗く占めていた主人公の〝結婚前科犯〟の負い目は、作者石塚友二の誠実な人柄を反映したもので、「松風」とその続編ともいえる「祖神之燈」を書くことで、ようやく拭い去ることができたものであろう。この二作が一年以内に書き著されたことに、書かざるを得なかった友二の心中を忖度《そんたく》し、その実直さに粛然となる思いがする。

さらに言うならば、太い家族の絆と、産土《うぶすな》のもつほのぼのと大いなる癒しの力について触れたかったのではないかと愚考する。

「祖神之燈」の初出が「八雲」第二輯であることを知ったときから、「八雲」とはいったいどのようなものか、その実体を知りたく思っていた。最近、たまたまその現物を見る機会に恵まれたので、概要を記しておきたい。

「八雲」の版元は、『松風』を出版した小山書店で、昭和十七年八月、戦時下の日本の文学を護《まも》るという意気込みで企画された季刊雑誌だという。

「八雲」に関して、小山書店社主小山久二郎著『ひとつの時代—小山書店私史』に触れた箇所があるので引用する。

『八雲』はクォータリーの形式をとったが、これは戦時下の情況から日本の文学を護るという意気込みで企画したものであった。島崎藤村、志賀直哉、里見弴、瀧井孝作、川端康成、武田麟太郎の六人が実際の編集にあたった。藤村は老齢のため編集会議に出席しなかったが、他の人たちは真剣に集まって熱心に協力しあった。当時『中央公論』、『改造』など主だった文学を売り物にした雑誌ですら創作欄はせいぜい三〇頁程度にすぎなかったが、この『八雲』は第一回（昭和十七年八月二十五日発行、初版三万部）のもので、三五六頁の全頁が創作という雑誌であった。もちろん、こういう出版が当局のお眼鏡にかなうはずもなく、用紙の配給もほとんどなく、闇で買った仙花紙によってまかなったのである。『八雲』という題は、このクォータリーのタイトルを相談しあった時、私はふと、日本の最初の歌だと言われている「八雲たつ出雲八重垣」の歌を思い起こし、

「『八雲』はどうだろう」

と提案したら、皆も気に入ってくれ、決まったのであった。

という。この企画は、当局にはともかく、一般には大きな歓迎をもって迎えられた。当然であろう。小山氏は執筆者への原稿料は、雑誌の創刊の意図からして、最高の原稿料を払いたいと思い、当時中央公論社が藤村や潤一郎に敬意を表して払ったという最高の原稿料と同額の一枚十五円を基準として考えた、と述べている。

「祖神之燈」の載る「八雲」第二輯は、昭和十八年六月に出て、翌十九年四月にはその第二刷が一万部出たと記されている。火野葦平、長與善郎、正宗白鳥、徳永直、川崎長太郎、中勘助、太宰治、石塚友二、久保田万太郎らの作品が載る、本文三百六十九頁の堂々たる雑誌である。

編集代表者の川端康成が第一輯発行に際して述べた言葉が再録されているのでここに記す。

大東亜戦争にしたがつて文学者の奉公も多面に拡がりつつあるが、私達は『八雲』によつてそのむしろ比較的閑却されながら本来最も重要な一面に、力をつくしたいと思ふ。旧来に例のない冒険的な出版物に、諸作家が賛助して作品を寄せられるにつけても、この仕事は貫かねばならない。

今、そこに若き日の師石塚友二が招かれていることに胸の熱くなる思いを禁じ得ない。

「梅花」をめぐって

少し前のことだが、「あなたの先生の俳句が載っていますよ」と言って友人のＩさんが、「文藝春秋」の昭和二十五年（一九五〇）三月特別号をくださった。古本屋で見つけたのだという。

すでに六十年近く経ち、表紙の安井曾太郎の絵は色褪《あ》せ、念入りに紙魚《しみ》の走った痕が残っている。当時からすでに質がよくなかったのであろう、本文用紙は黄ばんで読み取れない箇所もある。

おそるおそる表紙をめくると、「現代日本の百人」と題して、徳川夢声や中谷宇吉郎らのグラビア頁があり、続く随筆欄には短歌・俳句・詩作品が鏤《ちりば》められている。今と変わらぬレイアウトは、用紙の傷みや黄ばみがなければ、五十年という時間を忘れそうになる。

この本を戴くそもそもの機縁となった師友二の俳句とは、「梅花」と題する次の六句である（ちなみにこの号の短歌は吉井勇、詩は三好達治である）。

唐墨に亀甲の鏄や寒到る
梅咲くや松の峰越《をご》しの流れ鳶
人を堰くこころ籠りの寒襖
鶴岡八幡の宮蓮池も今は
冬濇がす源平池となりしはや
靴光る投げ襟巻の目屎どち
凍吠や鏂銭稼ぐ夜の刻

昭和二十五年といえば、友二四十四歳。終戦から五年を経たとはいうものの世情は騒々しく、庶民の暮らしは依然として苦しかった。「梅花」六句は、そんな当時の友二の生活の周辺をよく見せている。

一句目は、何ごとにも不如意な日頃、高価な唐墨を手にしても風雅の心からはほど遠い。しかも寒中とあっては亀甲に走る墨の鏄《ひび》に、苛立《いらだ》ちすら覚えるのだ。二句目は、名松を擁する鎌倉あたりの寺院であろうか。〈松の峰越し〉という雅語を自在に使い、句に風格をもたらしているところは、手練の句である。五句目は、ぴかぴかの靴を履き、襟巻をなびかせて街をわがもの顔に行く新興成金をからかったもの。〈目屎どち〉が友二流で実に辛辣《しんらつ》だ。六句目は、自画像。間借りする二間の奥の部屋に蒲団《ふとん》を敷き、ふだんはその上に腹ばいになって執筆したと聞く。妻子が寝静まった深夜に起き出して、いくらにもならぬ雑文を書く。犬の遠吠《とおぼ》えが凍《い》てつく夜の静寂を破る。自嘲の一句であろう。

ところで、「梅花」が発表された昭和二十五年は、友二の句集でいうと『光塵』の時期にあたるが、この六句は『光塵』ではなく、次の句集『曠日』に収められている。

どうしてそうなったかということは詮索するまでもなく、編集時に洩《も》れたものらしい。『曠日』の巻初に「前句集『光塵』に洩れし数句を収む」とあるから、初めから時期のずれた句が入っているのを編集者は知っていたのだ。

念のため『曠日』の冒頭を見ると、

小田原の霧や川崎長太郎

を第一句として、以下に「梅花」六句のうち、鶴岡八幡宮を詠んだ句を除く五句が続く。

ここまでは取り立てて言うほどのことはないのだが、俳人協会発行の自註シリーズ『石塚友二集』に、「梅花」のなかの一句〈唐墨に亀甲の罅や寒到る〉を、昭和二十八年作としているのは誤りである。「文藝春秋」昭和二十五年三月特別号に発表という事実は動かせないからだ。

もともと『光塵』は制作年次に混乱があることが指摘されていたそうだが、編集をした友二自身が、所詮消えるものは消えるのだとして気にしていなかったというから、大騒ぎするほどのことではないのかもしれない。

ついでなのでどこで誤りが生じたかを推測すると、『曠日』を編集するにあたって、これら一連が前句集に洩れた句であることはわかっていたが、制作年次を確認せず、「小田原の霧」を先行して配列した結果、それに続く句は時系列に従い、後から作られたものと判断したのであろう。記録によると〈小田原の霧〉の句は、昭和二十八年六月、鶴小田原支部結成記念句会に出されている。

瑣末《さまつ》なことにこだわっていると、「そんなことはどうでもいいよ」と師が言われるような気がする。古いことだが、奈良薬師寺の金堂が再建されたとき、その極彩色の伽藍《がらん》に辟易《へきえき》している私たちに、「なあに千年も経てば落ち着きますよ」と莞爾《かんじ》としておられたのをふと思い出す。

かと思うと友二は、事実に反することが記録されたりするときには、毅然《きぜん》として撤回を要求した。私の記憶していることの一つに、石田波郷が横光利一の「十日会」の常連だったかのように言う人に対して、その幹事を初めから務めていた立場として、事実誤認だと主張し、断固訂正したことがある。そういう点では決して譲らなかった。

昭和二十五年当時、「鶴」は創刊以来二度目の休刊状態にあった。一度目は昭和十九年九月から同二十一年三月まで、二度目は昭和二十四年一月から同二十八年四月までの間である。どちらの背景にも戦争が引き起こした暗い翳《かげ》があり、人々の哀歓が渦巻いている。はっきり言えば、波郷の結核発症と凄絶な闘病生活があったわけだが、それさえも恩寵として俳句に生涯をかけた波郷という存在に、「鶴」連衆《れんじゆう》は奮い立ち、ともに休刊という現実に立ち向かっていたのである。

「梅花」六句を読むと、波郷とはまた違ったところでの友二の明け暮れの哀歓が思われる。東京の家を焼け出された友二一家は、疎開していた郷里の新潟で終戦を迎えた。すぐその年の秋、川端康成から鎌倉文庫への入社を誘われた友二は早速上京し、鎌倉稲村ヶ崎で間借り生活を始めた。

鎌倉には東京から疎開してきた清水基吉がおり、彼を中心にした「鶴」鎌倉句会は機能しなくなった東京句会の代替として、若くて熱心な会員を集めていた。鎌倉住人となった友二にも気のおけないこの上とない句会だったろう。生活の不如意は別として、友二の創作意欲は高まった。基吉の発案でガリ版ながら「鶴」鎌倉句会報「うらの鶴」が出たが、その第一号に友二は「戦災記」を書き、疎開先から送ってきた。「うら」は「浦」だが、「裏」のようだとして嫌う若い会員もいたというが、当時の「鶴」では最も盛んに活動していた支部とみられている。

昭和二十一年に刊行された友二の句集『磯風』は、鎌倉に住みはじめて一年足らずの間の作品をまとめたもので、小冊ながら衒《てら》いのない、よき仲間と共にあることが自ずと思われる句集である。鎌倉が友二にとっていかに愛着の地であり、生涯住み続けるに値する所であるかを、友二俳句は語っている。

大年や借り重ねたる人の恩

切通し出て天辺に枯野星

友善しや恵まれゐたる懐炉灰

初便り皆生きてゐてくれしかな

萱草の芽や佐助坂上り来て

昭和八年、初学のころにすでに投句を始めているが、友二が「馬酔木」同人だったことを知る人は今では少ないであろう。

昭和十七年、波郷は「馬酔木」同人を辞し、その編集からも降りた。その経緯についてはいろいろと詮索されるが、戦争という大きな翳が通り過ぎていったということではなかったかと思う。

戦争が終わり、昭和二十一年の暮れ、間に立つ人がいて波郷は秋桜子と四年ぶりに再会した。その日の師との出会いが波郷の心に深くしみたのであろう、昭和二十三年、波郷は「馬酔木」に復帰することを決心した。

同年二月八日の友二への書簡にはその決心を述べ、「馬酔木と関係のあつた鶴の同志三四氏に行動を共にして貰ひ馬酔木の句風に何ものかを寄与したいと考へるのです」と書き送っている。ともに「馬酔木」同人として参加を希望する者として、石塚友二、大島四月草、石川桂郎、中村金鈴の名を挙げ、参加を受諾してほしいと頼んでいる。

夕百舌となりしや終に待呆け
大山の雪も間なけむ晩稲刈
吹き溜る木枯星や海かけて
男声の甘さ濾来て障子憂し
一握の新米や美しつくづくに

右は新同人として初登場の友二の五句。「馬酔木」昭和二十四年一月号に載る。

波郷は再び「馬酔木」編集に携わって鮮やかな手腕を見せ、秋桜子を喜ばせた。友二はたびたび随筆を発表する機会に恵まれ、桂郎と共に鋭い時評を行ったり、座談会にも出席してその存在を示した。まさに波郷の〝「馬酔木」に新風を〟という要望に応えるものであった。

もっとも波郷の英断に関して「鶴」内部に批判的な意見もあったということだが、昭和二十八年四月に第二次復刊を果たした「鶴」は、それらの批判も力として捲《ま》きこみ、勢いを強めていったのだと思う。

友二の酒の句

「俳句研究」平成十八年（二〇〇六）七月号の付録の「吟行句会手帖」に、片山由美子さんの〈酒の句の多き友二の忌なりけり〉の句が例句として載った。

片山さんの句の初出を知らないので、創作の背景にまでは思いがおよばなかったが、石塚友二の全作品に親しく触れてくださったのかと嬉しく思い、同時にわが師に酒を題材とした句がそんなに多かったかと、不意を衝《つ》かれる思いがしたのでもあった。

友二のビール好きは夙《つと》に知られるところで、私のようにたまにしか会えなかった者でさえ、美味《おい》しそうにビールのジョッキを傾けている師を何度も見ている。

ビールも酒だが、酒とビールとなると、いうまでもなくまったく別ものになる。片山さんの数えた「酒の句」とはどんな句だろうか、興味を惹かれて友二の作品を読み直してみた。

友二の第一句集『百万』は、昭和十五年に刊行された。小説家を志して横光利一門に入った友二の著作第一号が句集であったことは皮肉といえば皮肉だが、友二においては小説を書くのと同じように俳句を詠んでいると、波郷が指摘するとおり、たしかに初期のものほど小説的な味わいのする俳句が多いように思う。

酔ひ諍かひ森閑戻る天の川　『百万』

俳人協会編の『自註現代俳句シリーズ・石塚友二集』には「二十代の初めに知り合った友達と、銀座の飲屋で出会った際、その友達が侮辱的言辞を弄したのに立腹して喧嘩した。その後味の悪さである」と簡略な記述が見える。その友人は上り坂にある某出版社の編集長をしていて、その夜も取り巻き連中に囲まれて上機嫌だった。出版社沙羅書店を開業し資金繰りに四苦八苦している友二の内情を知りながら、彼は、おい、儲《もう》かってるかいと冷笑を浮かべながら声をかけてきたのだという。人の弱みに付け込むという卑劣な行為を何より嫌った友二が激怒したのはいうまでもなく、事態はあわやというところまでいったが仲裁する人がありその場はおさまった。酒の酔いのなせる無分別と思いながらも、友二の胸のつかえはいつまでも続いた。

わが不明をさらすようだが、この自註をまだ読まないころ、私は諍《いさか》いの相手を女性だと思いこんでいた。間柄のもつれた女と酔って言い争いをして、ひとりたどる森閑とした夜更けの道、などと恋の破局を想像していたのだが、見事に外れたことになる。

これにはちょっとした訳があって白状すると、当時三十代に入ったばかりの独身の友二には、この句の前後に、〈肩かけの臙脂の滑り触れしめよ〉〈言いはず触れず女の被布の前〉〈想ひ寝の覚めては遠し花の雨〉〈わが恋は失せぬ新樹の夜の雨〉などと鬱勃《うつぼつ》とした恋情を詠んだ句があり、私は大いに心を奪われていた。その印象が先入観となり、「酔ひ諍かひ」の場面を取り違えていたのだったが、ともあれ若い日の師の熱血がしのばれて好ましい。

さらに言うなら、それらの酒の句が苦い酒から始まっているのが、先生らしくて何とも嬉しいのである。

友二の故郷新潟は酒どころとして知られているが、石塚家の飲酒の慣習を友二は『自選自解　石塚友二句集』で次のように語っている。

私の祖父は、どぶろくの一升壜を傍らに控えて、それを口付けに呑みながら藁仕事をしているうち、脳卒中に襲われてそのまま大往生を遂げたといわれ、父は、八十歳を過ぎて耄碌しながらも、酒は欲しがったといい、兄は兄で、正月元旦の神酒を楽しんだ直後心臓麻痺を起して死んだ。こういうことを考え合せれば、私は、疑いもなく酒飲みの血統の筈なのだが、その酒の味というものが分らないばかりに、私の飲むのは専らビールであり、この方はうまいと思って飲んでいるのである。酒飲みの血統を受けながら、日本酒の醍醐味というものに到り得ないというのは、詮じ詰めれば本当の酒飲みではないということなのかも知れない。

酒に強い体質を受け継ぎながら酒を好まずビールを飲むようになったのは、上京した大正十三年（一九二四）の夏、勤め先の東京堂書店に近いビヤホール・ランチョンで初めて生ビールなるものを飲み、世の中にこんなにうまいものがあるだろうかと感嘆したことに始まる。ランチョンは東京・神田神保町の古本屋街の近くにある、明治四十二年（一九〇九）創業の今も盛業中のビヤホールだが、当時から文化人や学生に人気があり賑わった。

ランチョンは友二にビールの洗礼を授けたばかりでなく、多くの人との出会いの場も提供した。波郷と知り合ってからは一緒に立ち寄ることが多くなり、波郷も常連となった。二人に用があればランチョンへ行けばよいとまで言われていたそうだ。若い日の波郷に〈ビヤホール女に氷菓たゞ一盞〉の句があるが、はたしてランチョンでの嘱目吟だったのだろうか。

『百万』と第二句集『方寸虚実』（昭和十六年〈一九四一〉刊）の時代の酒の句は、双方合わせて十句に満たない。

銘酒の名忘れてゐたる落葉かな　『磯風』
酒欲しや雪の巷の夕づけば

第三句集『磯風』は昭和二十一年十月に刊行されたが、前年十月に疎開していた郷里を出て鎌倉に仮寓を始めてから、ほぼ半年間の作品が収められている。

戦災で家財一切を失った友二だったが、庭の落葉だけはふんだんに降り積もった。無聊《ぶりよう》のままにその落葉を焚《た》いていると、ふと中国の酒仙の詩などが思い浮かんでくる。しかし、焚き火に温める酒どころか、なじんだ名さえ忘れてしまいそうなほど、酒は生活から遠いものになっていた。寒暮の街を行きつつ、不意に湧く〈酒欲しや〉の思いの、なんと切ないことだろう。『磯風』に酒の句が少ないのは、戦後の窮乏生活の反映以外の何物でもない。当然のこととして酒の句はわずか六句しか見られない。

花見酒過ごし悔ゆるも二三日　『光塵』
若草を藉き荒男らが野酒盛
竹植て夜となるころや桓酒

第四句集『光塵』は昭和二十九年刊行。昭和十七年から二十九年までの作品を収める。『磯風』の時期も含まれるが、句集に作品の重なりはほとんどない。戦後も十年経ち、世情もようやく落ち着きを見せてきたときの刊行だったが、『光塵』の時代は友二の生涯で最も変化に富んだときではなかったろうか。自らの結婚、小説「松風」による池谷信三郎賞受賞、戦災罹災《りさい》、生涯の師横光利一の死、さらに「鶴」の第二次復刊も、この時代のことであった。掲出の句に見るように、世間には酒が出回りはじめていたのだろう。余裕ある詠みぶりの句が目立つ。

『光塵』に酒の句は十数句と、増えてきている。

建長寺さまのぬる燗風邪引くな　『曠日』

第五句集『曠日』は、『光塵』から昭和四十一年春までの作品が収録されている。酒の句はおよそ三十句、総数約八百句からすると多いとは言えないかもしれないが、読んでいて目につくことは確かだ。片山さんを慨嘆せしめたのはこの句集なのかもしれない。

そこで思い出すのは、「鶴」の俳句作法としていわれる「置酒歓語」のことである。つまり酒を飲みながら愉しい語らいをすることだが、「鶴」の句会のあとは必ず酒席へと移動して、談論風発、ときには俳句をめぐりつかみ合いの喧嘩《けんか》になることもあったという。波郷も友二も酒が強く、連衆もまた多くが血気盛んな年頃で、酒が飲めないと俳句が上達しないと言って飲酒に励んだそうである。『光塵』に酒の句が多いのは「置酒歓語」と大いに関係があるように思われる。

さて掲句だが、鎌倉建長寺では毎年十一月二十三日、全国から多くの応募句を集めて時頼忌俳句大会が開かれる。大会終了後には、選者並びに大会関係者の慰労を兼ねた句会が開かれるのが慣わしになっているそうだ。そこでは大きな土瓶から燗酒が茶碗に注がれ、けんちん汁や風呂吹き大根などが接待されるのだが、初冬の大寺のお堂の寒さは容赦なく、燗酒さえもすぐ冷めてしまうのだった。

掲句は友二の面目躍如といったものだが、句会では爆笑のうちに高点を集めたようだ。それが契機となったか、当時の建長寺の宗務総長大井老師から句碑建立の話がもたらされた。固辞する友二を説得したのは、友二の人柄に惚《ほ》れ抜いたという老師の懇望だったが、建長寺境内に建った句碑には〈好日やわけても杉の空澄む日〉の句が刻まれている。

昭和三十七年十一月二十六日、除幕式は二百名もの参列者を得て挙行された。波郷もこの日のために体調を整えて練馬から参列した。波郷は〈ぬる燗〉の句の方がいいと笑って言ったそうだが、〈今日よりや好日の碑の鵯の空〉の祝句を贈り、式典で紹介された。それにしても、酒の句がきっかけとなり句碑が建立されたという話はあまり聞かないが、愉快なことである。


舌にがき日ありけれどもビール飲む　『磊魂集』

第六句集『磊魂集』は昭和五十一年刊行。友二七十歳。約十年間の作品千三百九句は衰えることのない作句力を示すものだが、この時期、波郷をはじめ中山義秀、清水崑、石川桂郎など多くの友人を喪い、追悼句が多く見られる。しかし、自身の句境は自在さを増し、加えて人生を深く見つめた句が目立ってきたように思う。体調が万全とはいえず、ビールをまずいと思う日もあったのであろう。酒の句は激減し、わずか十句を数えるのみである。

水割といふものに冷奴かな　『玉縄抄』

第七句集『玉縄抄』は昭和六十年刊行。生前最後の句集で、前句集から昭和五十四年までの三年間の作品を収める。このころ、重度の糖尿病が見つかり入院治療を受けた。若いころから飲み続けたビールの影響が指摘され、ビールはもちろん禁止。厳しい糖尿病食の管理下に置かれた。水割で冷奴など健康なときの友二には考えられないことだったし、ビールを飲まない師など誰も想像できないことだった。

昭和六十二年、没後一年目に刊行された遺句集『玉縄抄以後』と合わせてもこの期間の酒の句は十句に足りない。

さるるんの旅

人生の半分を病床で過ごさざるを得なかった波郷にとって、生涯の痛恨事を挙げるとしたら、思うまま旅に出かけられなかったことではないだろうか。

波郷の最後の遠出の旅となった昭和三十七年（一九六二）冬の京都行のことはすでに書いたが、この旅は波郷にとってよほど愉しく思い出深いものだったようで、旅に出ることが叶わなくなってからも、折々懐かしく思い出し、もう一度京都へは行きたかったと述べている。

一方、友二は小柄ながら頑健な体をもち、病気らしい病気も知らずに古稀《こき》を迎え、思うまま旅を愉しんだ人生であったといってよい。

波郷が選者となり友二が発行にあたった「鶴」は、波郷の出征後休刊となっていたが、昭和二十一年三月に復刊。しかし、波郷の病状悪化に伴って昭和二十四年一月、再び休刊のやむなきにいたり、再復刊されたのは昭和二十八年四月のことであったのはすでに述べた。

復刊を待っていた旧い会員に復帰を呼びかけ、加えて新しい会員を獲得するために、主宰が地方支部へ赴くということは世間では普通に行われていることだったが、「鶴」では病後の波郷に代わって友二がその代行をした。代行というよりそれが「鶴」における自分の役割であると、友二は考えていたのではないだろうか。波郷はその役割を友二に委ねながら、ときには思うまま旅に出られる友二の境遇および健康を羨むこともあったろう。

「鶴」の支部を訪ねて全国各地を旅行した友二だったが、そのなかでもぬきんでて多いのは北海道支部の吟行会出席であった。友二は毎年のように招かれて北海道へ渡っている。


友二が初めて北海道を訪れたのは昭和三十一年六月だったが、以後、十八回を数える渡道のほとんどが、北海道「鶴」支部の計画した吟行会に招かれたものであった。

吟行の企画者は小樽在住の千葉仁で、千葉は昭和十六年ごろ、すでに石郷という名で「鶴」へ投句している。出征してフィリピンで終戦を迎えたが、復員後、戦死した部隊長の遺族が鎌倉にいると聞き、その消息の調べを鎌倉在住の友二に依頼したことがきっかけとなって、二人の間に親交が生まれたという。

その友二を初めて北海道へ迎えるにあたって、小樽の人たちはダンスパーティーを開いて資金調達を図ったそうだ。当時小樽には米軍が駐留しており、古くからの港町の賑わいと開放的な気風が、戦後という時代を反映して、およそ俳句とは関係のない企画を可能にしたのだろう。聞くところによると大成功だったとか。愉快な話ではある。

そのときのものだが、札幌大通り公園のベンチに坐り、「北海タイムス」の社屋をバックにして晴れやかに笑う友二の写真がある。友二五十歳。初めての北海道旅行の文字どおりの記念写真というべきものだが、撮影者は畏友中山義秀の子息で、当時「北海タイムス」の記者だった赤田哲也だという。友二の寛いだ笑顔に義秀との長らくの友誼《ゆうぎ》が反映していると見るのも、決して思い過ごしではないだろう。何度見ても好い表情の写真である。

その第一回の北海道訪問の記念となる作品十八句が、句集『曠日』(昭和四十一年刊)に載る。

札幌や雪に会ひ斎藤玄に遭ふ　　友二

小坂隆之助氏を小樽のその寓に訪ふ
板の間の涼しさに在り吶らるる

同じく小樽の豊楽荘に大四郎氏令弟宮崎顧平氏を訪ふ
血縁や何言の葉も短き夜

斎藤玄は大正三年(一九一四)函館生まれ。「壺」主宰。青春期に「京大俳句」に参加して西東三鬼に師事。のち波郷のもとにきて「鶴」同人となった。友二の来道を知って駆けつけたものであろう。戦後の混乱期に、波郷をはじめとして玄から恩義を受けた「鶴」連衆は多いと聞く。

小坂隆之助は「鶴」の女流小坂順子の縁者であろう。順子は女学校までを小樽の祖父母のもとで過ごしている。

大四郎は石川啄木の義弟宮崎郁雨のことで、顧平はその弟というわけだが、友二の母方が宮崎家の遠縁にあたると聞かされていた友二は、そのことを確かめたかったのではあるまいか。〈血縁や〉からその間の心のあやが推測される。

この旅で、友二は旭川に住む本間静心子《せいしんし》を見舞いたいと漏らしていたが、病状が篤かったためか実現しなかった。静心子もまた戦前からの「鶴」の投句者で、玄に続いて鶴同人となり、療養する夫婦の哀歓を詠い上げた。

友二の渡道から三年後の「鶴」昭和三十四年一月号と二月号の「鶴俳句」に、「故本間静心子」として句が載っているが、絶句というべきであろう。

霜柱すこやかなる者踏み通る　　故本間静心子
古暦足腰萎えてゆきにけり

かつて〈血痰の湯げむりあげて五月来ぬ〉と詠んだ凄絶さは消え、静かに命と向き合う哀切感が胸に迫るが、友二は静心子のこれらの句をどんな思いで見ただろうか。

その後、昭和四十三年に北海道を訪れた友二は静心子の墓に詣でている。積年の心の荷を下ろしたことだろう。

野幌や雪下五尺に彼の骨　友二

本間静心子

友二の十八回におよぶ来道を実現させたのは先述のとおりだが、部隊長の遺族探しを依頼して以来の、友二と仁の師弟の間柄を超えた交誼が大きく与《あずか》っていることはいうまでもない。それ以前にも北海道には「鶴」支部が存在し、支部誌「椴《とど》」も発行されていたが、諸事情により休刊が続き自然消滅した。千葉の招きで友二の来道が実現したのを機に、新たに支部結成の動きが出たのは自然の成り行きというものであろう。

昭和四十五年七月、友二を招き北海道鶴支部結成大会が小樽で開かれた。その前年、「鶴」は波郷を喪《うしな》い友二が主宰を継承したが、その多忙な生活にあっても友二は北海道の旅には喜んで出席したという。新しく創刊された支部誌は、アイヌ語で鶴を意味する「さるるん」と命名され、友二は毎号肩肘の張らないエッセーを寄稿した。

それ以来毎年、「友二先生の旅」と親しまれた道内吟行の旅が始まった。昭和四十五年の洞爺《とうや》・支笏《しこつ》湖方面を手始めに、まだ観光地化していなかったころの奥尻島、利尻島、礼文《れぶん》島なども日にちをかけてゆっくり探訪している。

道内、友二の訪れなかったところはないと言ってよいほどで、今その旅程を見てなんと贅《ぜい》沢《たく》な旅であることよと驚くばかりだが、師を喜ばせたいという「さるるん」の連衆の一途な思いがよく伝わってくる。

洞爺よりニセコに到る

時は今馬鈴薯の花明りかな　昭和45年

支笏湖や土用の男波逆立ち来

江差・奥尻

玫瑰やあはれ江差の鷗島　昭和47年

幻の群来とはなりぬ鰊倉

利尻・礼文行

雪見せて恵庭樽前春遅き　昭和48年

楤の芽を摘み姫沼の春惜しむ

スコトン岬

五月とて落日さむし海馬島　昭和48年

道南の旅

秋晴の狩勝峠越ゆるなり　昭和49年

見えて来て根室の灯なり冷じや

知床の旅

よべ置きし霜の雫か簷落つは　昭和51年

荒寥と枯の極みや襟裳岬

天売、焼尻探訪

ゆく春をここに止めて蝦夷ざくら　昭和52年

抱卵のウトウ潜める穴また穴

大雪山　層雲峡行

広く青く高しエルムの秋の空　昭和53年

ははそはの母なる蝦夷の川の秋

追分ゆかりの地を訪ねて

忍路いま盛りの牡丹桜かな　昭和54年

歌捨や潮干の岩の磯遊び

朝里川より有珠

逆巻きて怒涛の海霧となりにけり　昭和56年

野あやめの黄なるを綴り牧の原

奥尻　礼文行

吹き上ぐるやませの中や礼文草　昭和57年

夏寒き海よ礼文のかもめ鳥

昭和五十八年度は、狩勝峠《かりかつ》から襟裳岬《えりも》への旅が計画されていたが、体調不良にて友二不参加、それ以後、吟行の旅は打ち切りとなった。右に年次をつけて恣意に選んだ友二の作品を掲げたが、気の張らない旅吟のよさが出ているかと思う。

招かれて再々訪れた北海道を友二は「青函連絡船に乗つて函館山が見え出す度毎に、なぜか私の頭に浮かぶのは、大海に漂へる一孤島といふ思ひである」と書き、ただよえる孤島から触発される哀傷感こそが北海道へ向かう心だと述べている。聴くべき言葉であろう。なお、この旅には折々、小川千賀、山田みづえ、岸田稚魚、星野麥丘人、今井杏太郎らの随伴があったことを付記しておく。

平成十八年六月、旅の途中に朝里川温泉郷を訪ねた。吟行の旅の際、友二の宿として厚いもてなしをした朝里川観光ホテルは経営者が替わり、建て替えられてかつての面影はない。温泉郷に近い樹海遊歩道「鹿の通い路」をたどると、新樹の林のなかに友二と千葉の師弟句碑が寄り添うように建つ。

霏々と降る雪の中なり朝里川　　友二
囀に山影動き初めにけり　　仁

友二を父のように敬慕した千葉仁も平成十五年に亡くなった。千葉の没後、「鶴」の傘下を離れた「さるるん」は、千葉の信任厚かった成田智世子によって継承され、確かな歩みを続けている。

句碑に寄ると、芳《かぐわ》しい青葉の林のそこかしこから一斉に蝦夷蟬《えぞぜみ》が鳴き出し、鎮魂の思いにしばし立ち竦《すく》んだ。

Ⅲ　友二、人と俳句

酒を酌み交わす石塚友二（左）と石田波郷（右）
（写真：石田波郷記念館蔵）

『曠日』を読む

石塚友二の第五句集『曠日《こうじつ》』は、昭和四十一年（一九六六）十一月に鶴俳句会から鶴叢書第三十九編として刊行された。昭和二十九年から同四十一年新春まで、十二年間の約八百句が制作年代順に四章に分けて収録されている。

『曠日』成立に関して特記することは、その期間に友二五十代のすべての句が入っていること、編集作業がまったく他人の手に委ねられたことの二つであろう。

「鶴」は昭和二十八年四月、石田波郷の病気回復を待って宿願の再復刊を果たした。波郷四十歳、友二四十六歳。ともに壮年の魅力ある二人の俳人の許《もと》に集まった鶴連衆《れんじゆう》もまた若く意気壮《さか》んで、「鶴」が大きなピークを迎えたときであった。『曠日』はまさにその時期を背景にもち、友二の五十代という円熟した時期の成果を収める。

五十とや白息吐いてきよろきよろす

わが星の六十年の春なれや　　友二

右の二句は『曠日』時代の友二の実年齢が詠まれたものだが、前句は知命に達したことへの戸惑いと含羞《がんしゅう》、あえて言うなら加齢の寂しささえも、〈きよろきよろ〉という平俗な言葉でかわし、いかにも友二らしい放胆な味わいを見せている。また、後句は句集の掉尾《とうび》におかれ、還暦自祝の泰然とした佳句であるが、実はこの還暦という慶事が、『曠日』一巻の成立に大きくかかわったのであった（同句は、第六句集『磊磈集《らいかい》』の冒頭に再録されている）。

句集刊行までのいきさつは、あとがきにあたる「曠日記」に詳しく述べられている。それによると、前句集『光塵』（昭和二十九年刊）以後の作品は、昭和三十五年あたりまでは書き抜いてあったが、以後は中止した。生来の懶惰《らんだ》癖のせいもあったが、そのころから句集を公刊することの意義に疑いをもつようになったからだという。自分の俳句の如きは、作り捨てにして然るべきものではあるまいか、後来、それらのいくつかがどこかで口誦の栄に浴することがあれば以て瞑すべきではないか、という考えを心に抱くようになっていたのである。

昭和四十一年春、小林康治、戸川稲村、皆川白陀、草間時彦らをメンバーとする「鶴」の句会「四の会」から、還暦祝いに句集を刊行したいとの話を受けたが、先に述べたような理由で、友二は煮え切らぬ返辞を繰り返していた。

「四の会」からは、未整理の作品の収集ほか句集刊行の一切の作業に友二の手は煩わせないからと、たびたびの熱心な申し出があり、ついに厚情に甘えることになった。

句集編集は思わぬ速さで進行した。友二自身の出版業の経験からいっても異例のことで、友二は驚いたり喜んだりしている。編集作業にかかわった「四の会」のメンバーや印刷関係者の名を挙げ、真率な悦《よろこ》びのあふれた謝辞を連ねている。四十一年といえば、波郷が低肺機能による呼吸困難のため、清瀬の東京病院で再び入院生活を始めた年だったが、病床にある波郷本人からも製本までのいろいろな細かな注意が出されていたという。そのことを知った友二の感動は如何ばかりであったろう。「胸熱く頭を垂れて黙するのみ」という一文で「曠日記」は閉じられている。


題名となった「曠日」については、「鶴」昭和四十二年一月号の「日遣番匠」の「曠日余語」に詳しい。それによると、芥川賞・直木賞の創設者でもある作家佐佐木茂索に、「曠日」と題した小説があるのを思い出し、借用することにしたのだという。曠日は「曠日弥久」に由来し、「むなしく日を過ごして久しきにわたる」という意味だが、小説はそれを主題に扱ったもので、友二自身に同断の思いがあったからこその借用命名となったものであろう。佐佐木氏は昭和四十一年十二月に逝去。句集『曠日』が刊行されて間もないころである。

置き土産のように残された「曠日」という語をめぐる不思議な縁に、友二はきっと深い思いをめぐらせていたに違いない。なお、集中に「曠日」を直接詠み込んだ句は見当たらない。

友二は題名を考えたことと、あとがきを書いたこと以外、自分の句集作成についに手を出すことはなかった。任せた以上は一切手出しをしないというのが友二のやり方だったが、内心はどんな句集が出来《しゅったい》するのか不安であったと本音を語っている。

刷り上がった『曠日』は早速、時彦が友二の許へ届けた。村上巌画伯の重厚な絵で装幀《そうてい》され、文句のいいようのない出来栄えであった。どのような句が採録されているか、胸騒ぎを覚えながら頁を開いていったが、それはそれとして、忘れ捨てていたものが思いもかけず新鮮に眺められるような、再発見の愉《たの》しさを味わったのも事実であった。

しかし、自分の新しい句集を読み終わった率直な感想は、「何ものかを生み出した歓びに発した昂奮とは裏腹の、頼りない寂寥感であり、溜息を促す失望感であった。『たったこれだけのことでしかなかったのか』という嘆息であった」というものであった。その失望感は編集者へ向けた抗議でないことは友二の言うとおりだが、誰しも句集を編んだ直後には同様の虚しさを味わっていることを思い、師にしてさえそうであったかという思いがする。

次号の「鶴」二月号では『曠日』特集が組まれ、外部から大野林火の「『曠日』覚書」、「鶴」からは川畑火川の「句集『曠日』私見」、それと句集刊行にかかわった「四の会」のメンバーによる座談会「『曠日』を語る」が掲載されている。

大野林火による「覚書」は、集中の特色ある句を挙げ、懇切な鑑賞を展開している。

青年の黒髪永遠に我鬼忌かな　友二
暑地獄の堕地獄稿や呻けども
賀茂郡河津の庄に山焼く火
建長寺さまのぬる燗風邪引くな
古草の芽や古草の芽なりけり

四句目はともに建長寺の時頼忌句会の選者をしていた誼《よしみ》で、即吟の名手としての友二へ賛辞を贈っている。この句以来、建長寺では酒の燗に気をつけているとか。

稲の香や父母ありし日の山と川　友二
地の父母や五十のおのれ柿食ひて
田母木野や来る日も雨の秋の暮

林火は、『曠日』には父母やふるさとへの思いを詠ったものが多いと指摘したあと、三句目は田母木《たもぎ》ばかりが蕭条《しょうじょう》と立つ越後の刈田原が思われ、特に優れていると称賛している。当代の目利きの鑑賞を、友二はきっと喜んだことだろう。

「四の会」の時彦、康治、白陀、稲村の四氏による座談会は、友二句集発案のそもそものところから語られ、内実の話が面白い。面白いといえば不謹慎だが、友二への親近の情が余すことなく語られていて温かいのである。

編集作業で最も大変だったのはやはり作品の収集だったという。主として「鶴」「末黒野」「馬酔木」、そのほかに文芸雑誌・新聞に発表されたもの、また地方の句会などでの即興の挨拶《あいさつ》句など、会員外の協力も得て手を尽くして集めた句は二千句におよんだという。それを八百句近くまで絞ったわけで、弟子が健在の師の句の選をするという尋常でない作業は、当然のことながら慎重に進められたのだった。

時彦とともに主として選に当たった康治は「少し、しぼり過ぎたかな。先生はそう思っていらっしゃるかも知れない。しかし、その為に『曠日』の句格が高くなっているということも認めてほしいのです」と率直な発言をしている。日頃から信頼関係に結ばれている高弟にして言えることであり、そこまで句集編集に深い配慮がなされていたことを知るのである。

前句集『光塵』は戦中戦後の激動と混乱のなかで、押し寄せる不如意に立ち向かう庶民の日々の記録として、ときに読者に悲嘆の情を強いるものがあったが、『曠日』の時期は世情も安定へと向かい、句集を読んでいても愉しい。その間、友二一家が稲村ヶ崎から住居を移した鎌倉市植木というところはまだ田園風景が残り、新潟生まれの友二の心を寛がせる土地柄であったのだろう。加えて壮健な身体と人に好かれる人柄がもたらす伸びやかな句境は、この時期に顕著な伸展を見せたように思われる。

集中の感銘句の一部を、以下句集の掲載順に掲げる。

総じて行住坐臥の裡《うち》に取材したものが多く、一句が一篇の私小説を読む趣がある。旅の句も多かったが前書付きが多く割愛した。

小田原の霧や川﨑長太郎　友二
死の灰の一死録して暦古る
圓生が降らする雪の鰍沢
すがすがと秘色の風の端午かな
柚子味噌のある限り貧何ものぞ
米塩や鮭一片の屑の稿
横光忌齢ばかりが先師踰ゆ
蛙聴きゐたれば妻の手触れ来つ
晩春や揚ものの種の鱚の膚
水飯や一猫一犬二子夫妻
わが住めば木々も落葉も植木村

らあめんのひとひら肉の冬しんしん
仮の世の仮の家炭うつくしき
盆唄や今生も一と踊りなり
木の芽どき痔も猛然と火吹くにて
巨き死の虚子の歿後の残花とも
百姓の血が哭く伏せる稲見れば
男居り女居り夫婦たり寒し
三鬼病み時頼忌淋しかりけり
好日やわけても杉の空澄む日
恋しなば若きと言はめ凍妻よ
笛吹いて落第坊主暇あり
満山の露荘厳す蛇笏の死
春惜しむすなはち命惜しむなり
青五月万太郎また点鬼簿裡

『磊魂集』を読む

石塚友二の第六句集『磊魂集《らいかい》』は、昭和五十一年（一九七六）九月二十日、五月書房から出版された。昭和四十一年から同五十一年春までの十年間の作品千三百余句をもって一巻としているが、ゆうに句集二冊分のボリュームをもつと言っても過言ではない。

初めに、『磊魂集』の時代の特記すべき事項に触れておくと、昭和四十四年十一月二十一日の石田波郷の急逝がまず挙げられよう。友二への主宰継承はごく自然に行われたが、創刊以来の波郷、友二の間に篤《あつ》い信義があってのことであるのは言うまでもない。病床にあった波郷に代わって地方支部の指導に出向くことの多い友二だったが、この時期、その機会はさらに増え、よく旅に出かけている。昭和四十六年三月には、長年住み慣れた鎌倉市大船植木から玉縄へ自宅を新築して引っ越しをした。四月に友二夫妻は結婚三十年を迎え、翌四十七年には、令息の結婚という慶事もあった。健康に恵まれ、その飄々《ひょうひょう》とした人柄は門下に慕われ、まさに友二の鶴時代が現出した時期であった。昭和四十八年に、随筆集『春立つ日』、作品集『田螺の唄』、随筆集『日遣番匠』などの刊行が相次いだことも、その一端を物語るものであろう。

第五句集『曠日』は友二の手を煩わせることなく、小林康治・草間時彦ら「四の会」の手によって世に送り出されたが、『磊磈集』もまた、手塚美佐、外川飼虎《しこ》、岸田稚魚氏ら「琅《ろう》玕《かん》」の人たちの高配により、偶然といったかたちで成ったものであることが、短い後書に記されている。

詳しい経緯に関しては、「鶴」昭和五十一年十一月号の「日遣番匠」に、「磊磈集後書補充」として述べられている。それによると、その年の春先、先述の三氏から句集刊行の意向の打診があったが、友二はまったく念頭にないこととして即座に断ったという。しかし、日頃句集編集などの手間を面倒なこととする友二の性格をよく知る飼虎は、一切を引き受けるからと熱心に説得を続けた。痛いところを衝《つ》かれた友二は、何もかも任せきりでよいのだったらと、申し出を受け入れることにした。まさに瓢簞《ひょうたん》から駒の趣で句集出版が具体化したのだった。

採句のほとんどは美佐があたり、総数千九百句におよぶなかから、選句は稚魚・飼虎が、題簽《だいせん》は本宮銑太郎が筆をとり、最終の校正には星野麥丘人も加わり、全般にわたって時彦の配慮があったことなども友二はあとで知った。まさに寝て待った果報というかたちで句集は成ったのだった。

出来した『磊磈集』を手にし、奥付の九月二十日という日付を見て、友二は驚嘆したという。その日は、友二七十歳の古稀《こき》の誕生日だったからである。

振り返ってそのときの思いを、〈胸重く片かげ戻る人の恩〉という若き日の自句に比し、今や〈胸熱ししんしんと秋風の中〉と呟《つぶや》くばかりだと披瀝《ひれき》する友二の真率の謝意に満ちた「後書補充」は心を打つ。

なお、書名の「磊磈」とは、ごろた石のことであり、石塚という姓にちなんだものだという。つまり石ころを集めた句集というほどの意味だとするのだが、友二らしい感慨が滲んでいる。

『磊磈集』は、「葉牡丹」「春の霜」「苺皿」「鯊《はぜ》日和」「懐手」の五章に分けられ、それぞれにほぼ二年ずつの期間があてられている。四季に配慮した章名は、むろん編集者の意図によるものだが、命名の際、念頭にあったと思われる句を参考までに挙げておく。

葉牡丹や累ねて軽き年一つ　　友二

目にも著く春の霜置き畑や畦　四月十三日尾道附近

苺皿その妻子らの圏外に

鯊日和舟出ることよ出ることよ
ばたばたと暮れてしまひぬ懐手

句集のなかでは読み過ごしてしまいそうな句だが、こうして見ると、友二の俳句作法を知り、行住坐臥を親しく思い浮かべることのできる佳句だと思う。

わが星の六十年の春なれや　友二
老斑はわがものとせず年迎ふ

右の二句は開巻冒頭に置かれているが、実は前句集『曠日』の巻末にすでに収載されている。これは『磊魄集』を友二六十代の十年間の作品集であることを印象づけ、一巻の雰囲気を整えるために、ここに再録されたのであろう。

師友二に初めて見《まみ》えたのは、ちょうど『磊魄集』の初めのころだった。指導句会の席上、小柄で柔和な風貌の師が、ときに真顔になり、鋭い眼差《まなざ》しを周囲に注がれるのを見て、小説家石塚友二への畏敬の念を深めたものだったが、還暦を迎えた人という年齢への意識が、こちらにはまったくなかったように思う。

『磊魄集』に自らの老いを嘆いた句の少ないことが、その当時のことを思い出させたわけだが、ときには容赦なく老いを自覚する日もあったろうが、わずかに拾うことのできる老年を意識した句でも、〈わが一生畢にかかりしひね生姜〉〈木の葉髪他人ごとめきて六十路とよ〉などのように、そこに居据わる精神の強さを見せ、しかも余裕を感じさせるのを友二の真骨頂というのだろうか。

しかし、この十年は、友二にとって多くの信愛深い大切な人を喪《うしな》った日々でもあった。

背筋冷ゆ一言波郷死すと鳴呼　　友二
この枯木この落葉いま波郷亡し
屍として波郷出づ霜の門
手力の萎《ママ》へし目に寒菊の白茫と

誰にも看取られず、忽然と波郷が逝った日のことは、鶴人なら誰もが驚愕《きょうがく》と悲嘆の日として長く記憶しているだろうが、友二の受けた衝撃はわれわれとは比較にならぬほど大きなものであったに違いない。掲出句の、友二にしては平静を欠く詠みぶりに、そのことを強く思うのである。

こと死すとひたひた若葉泣かす雨　（簾こと）
君よ汗の茶毘なりき霜咲く百ヶ日　（中山義秀）
卒然と友逝けり冴返りけり　（田中午次郎）

何急ぎ逝きしぞ春の雪仏　（清水崑）
幻の蛙桂郎亡かりけり　（石川桂郎）

横光利一の門下にあって小説を書き、出版関係の職業につき、自身でも出版業を営んだ友二は、文壇・俳壇に多くの友人知己を得たことでも知られる。『磊魂集』はそれらの人たちに加えて、右の句のように俳句仲間や親族の死を悼む句が多いことも特色の一つに挙げられるが、人を見送る年齢に差し掛かった友二のしんとした哀しみが思われる（括弧内は悼句を献じられた人である）。

籠る日の友とし愛す雀の子　友二
樫若葉雀おん宿つかまつり
稲の秋庭雀共ゐずなんぬ
冬めくと極道雀還り来ぬ

俳句を始めたころ、波郷の言葉として「俳人は鴉と雀さえ知っていれば十分だ」と聞いたことがある。真偽のほどはさて措き、師の教えとしてそれで押し通してきた覚えはある。というわけでもないのだろうが、本句集には雀の句が実に多い。それもみな愛情あふれる目で捉えたものばかりである。以前にも友二に雀をはじめとする小動物を詠んだ句はあったが、これほどではなかった。新居玉縄での暮らしが心に適い、可憐なものへのしみじみとした心情が誘い出されたものであろうか。それを老境というのであれば、師も莞爾《かんじ》とされることだろう。

ゆく春や木にも草にも波郷ゐて　（松山）
春の汗拭き素通りし寺二つ　（奈良）
桜蘁著し高村智恵子の碑　（二本松）
幻の群来とはなりぬ鰊倉　（江差）
きのふ啼きけふは潜めり仏法僧　（奥三河）
露けさの檜山杉山雑木山　（十二所）
いさよひの雨しみらにぞ余史が居は　（小倉）
磐梯や外山のもみぢうすうすと　（磐梯熱海）
稲雀蝗も飛ばず陸奥の秋　（郡山）
月今宵菅丞相と家持と　（福岡）
幾山を越え伯耆なる露の月　（鳥取）

先にも触れたように『磊磈集』の時代、友二は精力的に旅に出た。時代として俳句に陽があたりはじめたときだったが、なんといっても友二を待つ連衆が各地にいたからである。右に掲げた句は、昭和四十七年度の旅吟に限った。書き洩《も》らしはまだまだあるだろう。吟詠地を括弧のなかに記したが、恒例となった北海道〝さるるんの旅〟も、九州の旅もある。そこで展開された地元連衆との交歓の場を、俳句の枠をはみ出した至福の場とするのは、その席を一度でも相伴したものの感傷でもあろう。

一句目の「松山」での句は、四月に波郷の句碑が母校の松山市の垣生《はぶ》中学校に建った折のもの。母郷における波郷の存在をそのときほど大きく感じたことはなかったのであろう。「小倉」での句の「余史」は、舞原余史のこと。九州へ行くと必ず余史宅を宿にするというほどの親交があったと聞くが、余史の清廉な人柄を知るにつけ、友二の心の傾きが好ましく思われるのである。

ところで友二の俳句の作法だが、よく言われるように揮毫《きごう》を乞われると即吟をもって応じていたということがある。私自身、特選のご褒美に戴いた「淡海」の句は句集のどこを探してもない。同じことを言う連衆もいて、友二は打坐即刻、当意即妙、ほんとうに融通無碍《むげ》に俳句を愉しんだ師であったと思う。

　　俤や夢のごとくに西瓜舟　　友二

最後になったが、『磊磈集』初見のとき、とても気にかかったのが掲句であった。巻末に近い昭和五十年の作で、「新潟にて四句」という前書付きのうちの回想の一句だが、あとで『自選自解　石塚友二句集』にその背景が語られているのを知った。つまり友二の初恋の思いを述べたものである。還暦という時間の束は、このような恩寵《おんちょう》をもたらすのかと、息を詰めて読んだことを思い出す。

『玉縄抄』を読む

『玉縄抄』は友二の第七句集として、昭和六十年（一九八五）八月、四季出版から「四季文庫俳句第十五番」として刊行された。

新書判サイズの簡略な造りだが、表紙カバーの光琳模様の波のダイナミックなあしらいはよしとしても、本文頁の錆朱《さびしゅ》の枠取りは可憐というべきで、重厚な友二俳句のイメージからは遠く隔たり、大いに戸惑ったものである。

収載されているのは昭和五十一年から五十三年までの三年間の三百二十四句。制作にあたった期間としては、第三句集『磯風』に次いで短い。

友二自らの「あとがき・句集誕生の経緯」によれば、

四季出版の松尾正光氏が鎌倉玉縄の陋屋をわざわざ訪れて来られて「句集を出しませんか」と言はれた。私は、山本周五郎流に表現するならば、五つほどの呼吸をした後で、

「例へばの話ですが、星野麦丘人が編纂を承知してくれたと仮定して、その麦丘人編纂の僕の句集、かういふ経緯で差支へなかつたら出して頂きませうか」と、無精さも露骨な放言の仕方をし、松尾氏の表情の変化を窃かに伺ふやうに見上げた。鶴の編集長として身近な関係にあるとはいへ、その人の意も計ることなく編纂を仮託した星野麦丘人に対しても無礼千万なら、遠路駕を枉《ま》げられた出版社の松尾正光氏には、一層無体の申出でといふものではあるまいか、ふとそのやうな想念が胸を掠めたからであつた。
　斯る次第で、この句集は、挙げて、松尾正光、星野麦丘人、両氏の篤い友情の賜物である。付言するならば、題名そのものからして星野麦丘人に依て与へられたものである。

とあり、句集出版までの事情が記されている。私たちにはいかにも友二らしい言葉遣いのニュアンスが懐かしく思われるのだが、実はこの句集が友二の生前最後の句集であり、したがって生前最後の「あとがき」となったことを粛然と思いあわせ、あえてその全文を書き写した。

　友二が生来の「無精」を自認標榜《ひょうぼう》し、句集を編むことを面倒に思ったのは今に始まったことではない。第五句集『曠日』も第六句集『磊磈集』の編集にも友二は一切かかわることなく、友人（師は決して弟子とは呼ばなかった）の止むにやまれぬ好意によって、それらの家集を挙げていることからも明らかである。

昭和五十一年、友二は古稀を迎えた。もともと頑健な体に自信があったが、健康を気遣う周囲の勧めにより受診したところ糖尿が認められ、その結果五十年来飲み続けてきたビールを禁じられた。青天の霹靂《へきれき》とでもいえる衝撃であったろうと思う。昭和五十三年には老人性白内障が見つかり、あと二年しか視力がもたないとの診断まで下された。それを発端に晩年にかけて、健康上憂慮すべきことが次々と起こるのだが、『玉縄抄』に含まれる三年間はまだ無事平穏な日々が続いていたのだった。その意味で『玉縄抄』は安らぎを覚える句集である。

『玉縄抄』が刊行された昭和六十年八月の時点で、編集対象となる年次は十年あったはずだが、そこを三年間の作品に限定し、句集の背景となる日常を特質として際立たせたのは、長年友二をそばで支えてきた星野麥丘人の英断と言ってよいだろう。

書名の『玉縄抄』は「あとがき」にあるとおり、麥丘人によってもたらされたものだが、友二が終《つい》の栖《すみか》を構えた鎌倉市玉縄の地名に因《ちな》んだものである。前句集『磊磈集』では、昭和四十六年、転居当初の感慨を〈玉縄台三月は白き風の日々〉と詠んでいるが、そこで営まれた日々の記録が、『玉縄抄』として結実したのである。佳い書名だと、今でも思う。

梅遅し玉縄台も奥処とて

六年かな実生の柿の十粒まり

玉縄の地は、〈藤いろの春の夕富士野の涯に〉のように富士山を望むことができ、〈坂越せば逗子や小坪の花薺〉のように坂を越せばすぐ逗子というその風光は、鎌倉を愛した友二の心に適い、伸びやかな句境を展開している。上掲の句の〈六年かな〉が俗にいう「桃栗三年柿八年」を踏まえていることは無論だが、玉縄での六年間の感慨を、初生りの実生《みしよう》の柿に率直に託しているのである。

豆飯や齢ばかりは欺かず
何時かは来るその古稀が来て冷かに
洋酒嘗めて虫聴くのみの誕生日
横光忌おろかに古稀を過ぎをりし

昭和五十一年九月、友二は七十歳となり古稀を迎えた。『玉縄抄』はそこから始まるのだが、生涯の文学の師と敬った横光利一は五十歳にならずに逝った。波郷もまた横光を黙契の師と仰いだが、六十歳の句を遺すことができなかった。彼らが経験しなかった古稀という年齢に対峙する思いが〈冷かに〉なのである。〈何時かは来る〉を反語的に解釈しても成り立つ句であろうかと思う。

『玉縄抄』の時代、友二は全国各地を旅行した。一病を抱えている人とはとうてい思えないほど精力的だった。その多くが「鶴」の地方支部に招かれての旅だったが、小柄ながらいよいよ風格を増したその温容は、連衆の誰からも愛された。

旅吟の例を挙げるならば、

まならうらに美濃の桜や梅の飛驒
海風やこれは長府の猫じやらし
朝日いまさし亘りつつ雪の八ヶ岳《やつ》
麨やいほりといふは加賀の菓子
白南風の恋路ヶ浜や唄もなし
その果のひとりとなりぬ青野旅
乙訓の藪の烟れる春日かな
広く青く高しエルムの秋の空
鎌倉を出て小田原の桜かな

など枚挙に遑《いとま》がない。意図して地名の詠み込まれた句を選んだわけではないが、一句のなかで地名が実によく決まっていると思う。訪れた土地の名を唱えることが土地神への挨拶であるとでも言っているようだ。構えも計らいもない詠みぶりが、そんなことも思わせる。

〈青野旅〉の句は金沢で詠まれたものだが、若いころ、中山義秀や清水崑らと気儘な旅をしたことがあり、旅に出るとそのことが懐かしく思い出されるのであろう。老残の思いは旅に在るときこそ切なく心を揺さぶるのである。

上掲の九句目はいかにも友二らしさの表れたもの。目と鼻の距離でも、桜の咲くころの外歩きは立派な花の旅である。自在で剽軽《ひょうきん》な詠みぶりも晩年の友二の句境の一つであった。

豆畑の草に溺れてゐたらずや

西瓜より真桑に夢はありにけり

真似事の畑つものなるその胡瓜

里芋の青脛ぞ立ち揃ひたる

終戦後、稲村ヶ崎の仮寓に始まり、終焉のときまで鎌倉を離れることのなかった友二は、鎌倉在住の多くの文人や文化人と交流があった。しかし人柄の根のところには、新潟の農村出身という太く温かいものを常に抱いていたと思われる。言うなれば、人の痛みのわかる土の匂いのする作家であった。

真似事でも土に触れる生活は命のよみがえりにも通じることである。無精を自認する友二が進んで畑仕事をしたとは思えないが、家人の丹精する野菜や花卉《かき》への愛着は強かっただろう。掲句の〈里芋の〉の句は、すくすくと伸びた芋畑の光景。〈青脛〉は青芋茎《あおずいき》の描写だが、健康な艶《なま》めかしさが詠い出されている。

武者先生涅槃し給ひ花の雨
　　秋元不死男氏を悼む

その落語耳に生きをる暑さかな
　　牛山一庭人さん急逝

忘れめや秩父皆野の鵙日和
　　栗田九霄子君卒す

呆然と散り敷く落葉見遣るのみ

この時期にも多くの知己を喪った。長年ともに俳句の道を相携えて歩んできた同志と言ってよい人ばかりであった。
〈武者先生〉は言わずと知れた作家の武者小路実篤のこと。絵もよくした人で、友二の第二句集『方寸虚実』の表紙はこの人の絵で飾られている。先立つ人を悼みながら、古稀の友二自身は死というものをどのように受け止めていたのだろうかと思うことがある。

今生の今日の花とぞ仰ぐなる

右の句は友二の代表句として知られ、今日という一日の、刹那《せつな》の命を生きることを象徴的に詠ったものかと思ってきた、集中のわが愛誦句である。この句は『玉縄抄』では先の〈武者先生〉の次に出る、つまり隣り合って載る。そういう状況で二句を改めて読むと、〈今生の今日の花〉が、人の死に大きくかかわって見えてくる。句集を読むときの面白さは意外とこんなところにあるのだと思わせられる。

『玉縄抄』は初めに触れたように、古稀を迎えた友二の、まだ体調を大きく崩していないころの作品を、ひとり麥丘人が選んだものである。有り体《てい》に言えば選句に偏りがあって当然だと人は思うだろう。句集出版を勧めにきた松尾社長に、「麥丘人が選んだ僕の句集」なら出してもいいと放言したというが、二人の間の深い信頼関係を思わせるその話が好きだ。それが一時の思いつきではなく、次の句集も麥丘人に編集を委ねたいと希望していたという話を聞くと、涙ぐましくさえなる。

昭和六十年十二月十四日、『玉縄抄』の出版祝賀会が神奈川県の藤沢で開かれた。その秋、私たちは友二を迎えて和歌山の雑賀崎《さいかざき》で鍛錬会をしたあとだったので、師の健康を毫《ごう》も疑わなかった。祝賀会は少人数の集まりだったが、友二は上機嫌で得意の磯節を切々と歌い上げた。

まさか、その日から二か月後に永別の日が来るとは、そこにいる誰もが思いもしないことだった。

退院まで

——四十八文字混詠の入院日録

石塚友二に、歌集にしてゆうに一巻を編み得る分量の短歌作品があることを、「鶴」の読者以外はご存じないことと思う。もっとも、「鶴」でも昭和五十九年（一九八四）以降の入会者は、前年の「鶴」誌に発表になったその短歌作品を読む機会がなかったであろうから、知らない人が多くても当たり前だが。

いま改めてその一連を読んでみると、自在に詠み出された一首一首が、あたかも小説のディテールのようであり、石塚友二の小説そのものを読んでいるような気分になる。

「退院まで」は友二の生まれて初めての、百余日にわたる入院生活を、短歌と俳句によって記録したものである。「四十八文字混詠」という副題は、短歌の三十一文字と俳句の十七文字を合わせると、いろは四十八文字になるところからの発想であろうが、友二のユーモアのセンスと同時に、「四十八文字」すなわち言語の世界そのものへの自負を、含羞のうちに表明したもののように思える。

突然の入院は進行した糖尿病のせいだった。数年前、知人の勧めで検査を受けたことがあったが、尿中の糖を指摘され、若いころから欠かさなかった晩酌のビールの量を減らしてはいたのだが、まさか贅沢病といわれる糖尿病に自分がなるはずはないとたかをくくり、ちょっとしたつまみでビールを飲む習慣は続いていたのだった。

突然の発症は昭和五十八年五月二十七日の夜に起こった。背中に重い鉛の板を負ったような苦痛を感じ、意識が乱れはじめた。何がなんだか訳がわからないまま、入院までの数日、一切の食事を摂《と》らず水だけを欲しがった。六月四日、近所の医院の往診を受け、大船共済病院に緊急入院することになったのだが、そのとき血糖値は六百を超えていたという。つまり糖尿病からくる昏睡状態に陥っていたのだった。

発症時以来なかった食欲は、入院後数日して、浣腸と若い看護婦の献身的な処置により、頑固な滞便を排泄《はいせつ》することで嘘のように改善され、早速食欲も出た。まさに蘇生《そせい》の思いであった。

入院後、背中にできていた癰《よう》が悪化し、膿《うみ》が出て寝巻きを汚すようになった、子どものころからできもののできやすい性質《たち》ではあったが、糖尿病に隠れて気づかないまま大きくなり、ついに破れて膿を排出するにいたったのだった。

化膿《かのう》した傷口は大きく、医師も驚くほどの穴が開いていたという。内科診療に並行して皮膚科の治療も進められたが、当年七十六歳の友二にとって、傷痕の肉が盛り上がってくることは期待できず、臀部《でんぶ》の肉を移植することになった。七月十三日、植皮手術のために横浜市立大学病院へ転院。八月四日、全身麻酔による手術は無事終わり、八月三十一日には局部麻酔による補充手術が行われた。九月十八日、百七日におよぶ入院生活を終えて退院した。

以上が退院までの経過のあらましである。

「退院まで」は、「鶴」昭和五十八年九月号に載った。同号は「鶴復刊三十周年記念特集号」として、記念記事満載の分厚いものだったが、「退院まで」は特異な内容と、「四十八文字混詠」という例を見ないスタイルで注目を集めた。

短歌八百七十三首、俳句二百四十五句からなる大作は、九月号から翌五十九年一月号まで、五回に分けて発表された。短歌と俳句の比率は、入院当初は五分五分といったところだったが、一か月が経過するころには、短歌が九分どおりを占めている。一日に五十首近くも詠まれた日もあり、その旺《さか》んな創作意欲にみな驚いたものである。

六月四日　大船共済病院入院　隣家の渡辺夫人の車にて

街路樹も街衢も白一色のその只中を走り入院せり

入院当初わが体内は無茶苦茶にて白血球は二万を超えをりしとぞ

糖尿病といふ病名は古からぬ然思ひゐしがわれとわが身に
主治医先生内科の方は既にして退院も可と認め給へり
手術せず食事療法で治療のこともはらとなさむ若からざれば

皮膚科にて

背に目のなければ医師の指先の動きのまゝに息呑むことも
麻酔室ならめ覆面の看護婦ら蠢いてをりぬと見しが最後
腹這て飯たうべけるきのふけふ生後この方覚えなきこと
腹背を清拭されて幼な児のごとくベッドに転びをりたる
何か本を持ち来るやうに伝へねば退屈の時間少しづつ増ゆ
七時半のインシュリンと十時過ぎの処置室行きの他の時間は空白

以上、入院経過のわかる作品を挙げた。糖尿病の治療がメインのはずだったが、思いもかけぬ癰の出現で入院が延びた。年齢のこともあり手術は避けて通りたかったが、状況は限界を超えており手術に踏み切った。危機を脱してからは、生まれて初めての入院生活を存外愉しんだのではないだろうか。ベッドの周辺の些細な見聞にまで目を留め、詠いとめていく作業に、句作のときの集中とは違った、ゆったりと外へ広がる心のたゆたいが感じ取れる。

ヒマラヤ杉に尾長が来しとベランダに出て喜べる妻の声すも
くちなしの花の盛りでありしこと等たのしげに帰院せし妻
四十年余り連れ添ひ来し妻の愛ひたひたに覚えつゝあはれ
省みて妻を欺きしことはなし只浅慮より誤解され来しのみ
曲げし肘頭上に投げてこんこんと疲れ眠れり付添妻は
傍にその妻在らず力綱失せし思ひのわが哀れとも
妻はまた絶えて久しきわが家なる一夜の眠り安からざらむ
病院友達といへるが如きものも出来て妻は結構愉しみをるらし

失礼を承知で言うと、元来、師友二は恐妻家であると思っていた。それが勝手な想像であったことを右の歌によって正された。尾長やくちなしの花を見た悦びを告げるあどけない妻や、看護疲れの身をベッドの傍らに伸べる妻の姿に、胸を衝いて出る愛憐の深い思いを見る。連れ添った四十年の間には誤解もあったが、いま妻の愛をひたひたと感じて謝すのみの自分……。早急な結論だが、このような夫人への率直な愛情の表現は、短歌だからこそ実現したのではないかと思う。愛妻家の面目を語る歌群として、一編の大きなテーマとなっている。

一方、次のような歌もある。大船共済病院に入院中、少時、自宅へ戻った夫人の遅い帰院を待つ連作である。

五時までに帰院せざりければ付添の妻を悪しざまに罵りつゝ食ふ
五時十五分未だ戻らず何処に何しをるぞまことだらしなき奴
五時半を時計の針は廻らむとしつゝなるにぞ妻の気配なし
手洗ひに立ちしは尿意のみに非ず帰院せざる妻に落付けざりしゆゑ
戻り来れば吾に何云ふこともなし一人の不安募り昂じし結果なり

『仰臥漫録《ぎょうがまんろく》』に律《りつ》の遅い帰りに子規が苛立《いらだ》っている場面があったが、夫人へ向けられた苛立ちもまた愛ととりたい。

七つ八つてふ年頃と覚えをり父に負はれて医者通ひをしき
芯からの百姓をんなははそはのははは生涯一文字なかりき
啄木の義弟の宮崎大四郎氏を父の従兄弟よと知りし少年の日の哀しみ
盆前の除草に追はれゐしをりも何か文芸書を手にしゐたりき

病床のつれづれは遠く過ぎ去った日のことを思い出させる。友二は家郷を愛し、人の縁を大切にした人であった。四首目は若き日の自画像。

一千の誌友の為に生きねばと固き決意に夢嘘はなし
二日間の鶴の大会に出づるべく二晩の外泊主治医に許さる
二日間の霧の強羅に別れ来て今日秋めける病院の空

入院中、句会には出られなかったが、引き受けていた選句はみな果たしている。八月二十七、二十八日に箱根強羅で鶴復刊三十周年記念俳句大会が開かれた。二晩の外泊はそのためである。一回り小さくなられた師に会って、それでも嬉《うれ》しかったことを思い出す。

碌な歌詠み得ざれども天与なる病院暮し止め置かばや
腰折れの歌ばかり書き連ねつゝあたかも己れ慰むごとし

右は「退院まで」の自らの解題の歌。〈止め置く〉という行為は、作家の魂の慰藉《いしゃ》のためにあるのだということなのだろう。

作中、友二に書き留めおかれたものは数知れないが、ことに同室の患者からは、初体験の入院だったせいか強い印象を受けたようだ。なかでも〈稲取の患者の息子娘らはおめい呼ばはりしつゝも孝養を尽くせり〉〈孝行な娘息子に恵まれて上島浜蔵よき名なるかな〉などは読むたびに、上島浜蔵を嘉《よみ》する友二の心情にほろりとさせられる。

病中、これだけボリュームのある仕事をしながら、毎月の「鶴」への俳句は欠かさず、しかも発表句はすべて新作であり、「退院まで」に入れた俳句とのダブリはなかった。俳句を少し。

今生をいのち繋がり若葉風
朦朧たる意識裡三日五月去る
看護妻今少しい寝よ明易し
永き日の終の見舞は吾娘苑子
孫二人来去りし後の午下長し

逝きたる人へ

石塚友二の八冊の句集を通読すると、亡くなった人を悼むいわゆる弔句や、その忌日に寄せられた句の多いことに気づく。友二から弔意を示された人物は実に多彩だが、単なる挨拶にとどまらず、作家として俳人としての友二を形成する背景を見るようで興味深い。

本庄陸男氏死去

昼寝覚め手にし見つむる死去の報

右掲の句は第一句集『百万』に載り、友二の弔句の第一作といえるもの。本庄陸男は北海道に生まれ、小学校教師をしながらプロレタリア小説を書いた。出生地北海道に取材した長篇『石狩川』は、第八回芥川賞の予選を通過したというから、横光門で小説家を目指す友二にとっては、注目の人だったたに違いない。しかし、本庄は『石狩川』発表後間もなく、昭和十四年（一九三九）に肺結核で亡くなった。同志の死をにわかには信じられない思いが、句にただよっているのが感じられる。

西園寺公望公薨去

巨星隕ちぬ凩しんと身に透る

昭和期の最後の元老西園寺公望の死は、まさに巨星墜《お》つの思いを当時の人々に与えたことだろう。昭和十五年十一月二十四日、享年九十二。凩《こがらし》の吹く寒い日だったという。これも若い日の句集『方寸虚実』に載る。

友二に弔句が増えたのは第四句集『光塵』以降で、なかでも生涯唯一の師横光利一を喪ったことがきっかけとなり、迸《ほとばし》るように追悼句を師に捧げている。

鍵穴に蒲団膨るゝばかりかな

長い前書によると、横光が胃潰瘍で大量の下血をしたことを知って駆けつけたが、重篤な症状にて一切の面会は許されず、夫人の好意によりわずかに鍵穴から病床を覗《のぞ》くことで、見舞いを果たしたという。

蒲団著て佛寂びゐまし過去ばかり

ついに回復せず終焉《しゅうえん》を迎えたのだが、この句にも前書がつく。いささか長いが全文を引用する。

今生の別れ、かの鍵穴の隙よりせむとはいかに思ふべき。さらに十日まり三日の後そがまこと、ならむとは。十二月三十日午後四時、雨過山房横光利一先生身まかり給ふ。明て三十一日の早朝馳せ参じたるに、遺骸は南向八畳の間に移され、卵黄色の縮単衣に水浅葱絞りの兵子帯前結びに、北枕し給へども、薄く煙脂染める歯の細かに並びてわづかに覗けるさま仮寝し給ふに似たり。さあれ胸に組める手の冷え尽し、掛け参らす蒲団の嵩の低くあまりにも平らかなるを。枕に垂れし長髪のみあるが如く徒らに艶やかに黒し。

今生の師を悼む慟哭《どうこく》の俳句は、このあとに延えんと続くのだが、若年に漠然と文学を志して上京して以来、その門に来ってひとすじの光明と仰いだ師を喪った悲しみの大きさが惻々《そくそく》と伝わる句が並ぶ。

光文院釈雨過居士と戒名定る。

今年はや横光利一俗名たり

今生に師なし

極月や三十日のなげきとことはに
年の瀬や五十の瀬戸も越えまさず
すでにすでに冬日を鼻におん屍

以後、友二は師の忌日には毎年欠かすことなく、追悼の句を詠んで霊前に捧げている。

吾が佇てば墓石傾ぎ来冬日の中
横光忌面影褪することあらじ
横光忌齢ばかりが先師踰ゆ
雑文の二枚ばかりを横光忌

そのとき、同じく横光利一を黙契の師と仰いでいた石田波郷は、結核療養の床にあり告別式には行けなかったが、次の句を献じている。

見廻せど蒲団ばかりや我も病む　　波郷
新聞なれば遺影小さく冴えたりき
嘆かへば熱いづるのみ年の暮
遠く寒く病弟子われも黙禱す

戦災に遭って郷里へ疎開していた友二は、終戦後間もなく川端康成から出京を促す電報をもらった。出版社鎌倉文庫の開業にあたって、印刷の実務に詳しいことから嘱望されての起用だった。間借りながら鎌倉に居を構えたことにより、いわゆる鎌倉文士との交流の機会に恵まれることになったのは、生涯の僥倖《ぎょうこう》といってよいことだった。友二の一方に偏らない気質、人懐こい性格は皆から信頼され信愛されたことであろう。左に掲げるように、文士仲間への弔句は広範な交誼のあとを示している。

昭和二十七年三月一日、三汀久米正雄氏長逝

死ぬ面の静かに背戸の梅曇

二日夜通夜に赴きつゝ、

おぼろ夜の佛とはなり給ひけり

徂く春の墓標三汀久米正雄

林芙美子氏卒去　一句

まなぶたに牡丹崩る、些事のごと

岸田國士氏逝去

色青き春の落葉と散りぬるを

坂口安吾氏を悼む

片明りして春寒き日なりしか

詩人高島高氏死去の報受く、去年の初夏、滑川なるその居を訪れ置酒歓談したるを

今年誰が上に燃ゆらむ蛍烏賊

花に雪降り光太郎逝き給へり

たかし逝き白きつつじの花残す

七月十五日、吉野秀雄氏告別式

梅雨果の炎天佛と拝みたり

伊藤整これも癌死ぞ冷じや

この他に、神西清、宮地嘉六、大鹿卓、川端康成、夏目伸六、武者小路実篤、宇野浩二、広津和郎、河上徹太郎、里見弴《とん》、小林秀雄、今日出海《こんひでみ》、有吉佐和子、中野好夫、大佛《おさらぎ》次郎氏ら弔句を献じられている人は多い。みな真情の籠った好句である。

久米正雄については、特別の恩義があったのか、その忌日には多くの句を残している。蛇足だが、久米の亡くなったのは昭和二十七年二月二十九日、閏日だったという。そのため三月一日に命日をずらすことになったのだそうだ。

二月二十九日

祥月の三度にもかも三汀忌

は、そういう事情をもった句なのである。

俳壇人との付き合いはどうだったのだろうか。友二は立場として節度ある態度を常に示したが、遺された俳句も端然としたものが多いようだ。

虚子の忌のひと月後か玄の死は

友二は「馬酔木」同人だったこともあり、虚子の俳句には批判的であった。しかし、いつのころからか虚子忌の句を詠むようになったのは、鎌倉に住むことになった自然の成り行きといってよいだろう。虚子忌は四月八日。西東三鬼に師事し、戦前の一時期、「鶴」同人でもあった斎藤玄が亡くなったのは、昭和五十五年五月八日。ひと月の違いはあるものの、偶然のささやかな符合に感興を覚えたのだろう。ちなみに友二の第三句集『磯風』は、玄の「壺俳句会」から刊行されている。

悼

散る花や三鬼しぐれを渡しつつ
幻の蛙桂郎亡かりけり
佐久のかの人も逝きしか枯木星
遷子の忌過ぎてをりしか凍緩ぶ

秋元不死男氏を悼む

その落語耳に生きをる暑さかな

風生翁逝かる二月も二並びに

楸邨夫人知世子の訃報松の内

西東三鬼が壮絶な癌との闘いを終えたのは昭和三十七年四月一日。波郷との交友が深かったが、友二は三鬼の無頼の生き方をどう思っていたのだろう。

石川桂郎は理髪業を営んでいたが、波郷と俳句を知ったことにより、人生を大きく変えた俳人である。桂郎の代表句〈遠蛙酒の器の水を呑む〉が、友二の念頭を過《よぎ》る。

「佐久の人」相馬遷子は「馬酔木」同人。波郷・友二が最も信頼した人物だったと聞く。〈佐久のかの人〉というやさしい詠い出しが、その人となりを語っているように思う。

富安風生が逝ったのは、昭和五十四年二月二十二日だった。九十三歳という長寿の翁ゆえにこのような軽やかな詠い口を可能にしているということだろう。

友二が社会情勢に常に注意と関心を払っていたことは、毎号の「鶴」誌上の「日遣番匠」に見るとおりだが、次に掲げる句は、人の死を取り上げながら、社会への鋭いメッセージを放っている。

兇刃

胸の菊血に染め仆れたりあなや
朝寒の目玉痛ます刺殺記事
死の灰の一死録して暦古る
秋蟬やマウントバッテンあな爆死

立会演説会場で、右翼の少年の凶刃に倒れた浅沼稲次郎社会党委員長、アメリカの水爆実験の降灰物・死の灰を浴びて被爆死した第五福竜丸の久保山愛吉氏、ヨットのエンジンに爆発物を仕掛けられ、爆死したイギリス海軍の軍人マウントバッテン卿、救いようのない弔句もまた、友二のよくしたところであった。

連衆を悼む

前節では、石塚友二の発表した死者を悼む俳句のうち、文壇人・俳壇人といういわば外側へ向けて発せられたものを取り上げたが、今回は日頃句座をともにし、俳句への志を語り合った鶴連衆との永訣に際しての弔句、並びにその修忌に寄せた句について見てゆきたい。

くれなゐの座布団一つ余りけり　石塚　友二

句集『光塵』に載るこの句は、石橋秀野の追悼句会に出されたものである。「石橋秀野夫人、京都宇多野なる療院にて三十八歳を一期に身まかりたり。九月二十七日《ママ》とぞ。越て初冬の一と日、神田駿河台の大島四月草居に於て、同友相集り心ばかりの追悼会を催す」という長い前書にあるとおりである。

石橋秀野については先述したように和歌を与謝野晶子、俳句を高浜虚子に学び、昭和四年（一九二九）、石橋貞吉（山本健吉）と結婚。昭和十三年、横光利一の一門を中心とする俳句会「十日会」に参加し、石田波郷、石塚友二の知遇を得て鶴同人になった。女性俳人の少なかった当時、男性に伍して舌鋒鋭く持論を展開してその存在を知られた。昭和二十年、夫の転任に従って鳥取・島根・京都と移り住んだが、戦中戦後の物資難・住宅難など劣悪な生活事情のもと肺結核を発病。病を得てからの秀野の俳句は波郷をして「急に沈潜度の深い、粘着力のある、生命的な声調を帯び」たと言わせたが、凄絶な病中吟はいま読んでも強い感動を呼ぶ。

病状が進み脳症を起こした秀野は壁を指さし、あそこに石田波郷と書いてあると言ったという。最期まで波郷と鶴連衆への絆が秀野の心の支えになっていたかと思うと胸迫るものがある。入院わずか二か月後の昭和二十二年九月、秀野は京都宇多野療養所にて短い生涯を終えた。

掲句前書の「初冬の一と日」は、記録によると十月十九日だったという。秀野のために明けられた席の紅い座布団は、秀野その人を象徴して華やかに、そして重く悲しい。

秀野の死からおよそ二十年経って、同じく肺結核に起因する呼吸不全で石田波郷が亡くなった。出征中の戦地で罹病し宿痾《しゆくあ》となった結核に、後半生を病者として過ごすことを余儀なくさせられた波郷だったが、生きることの尊さを俳句をとおして示した大俳人であった。

背筋冷ゆ一言波郷死すと嗚呼　　友二

この枯木この落葉いま波郷亡し
屍として波郷出づ霜の門
五七忌の椿葉ばかり花未だ
燃え渋る落葉や五七忌の庭に
雪の日の紅梅波郷百ヶ日

右は波郷の死に際して友二が残した句である。波郷が逝ったのは昭和四十四年十一月二十一日の朝。春からいささかの油断も許されない状況にありながら、波郷は不死鳥のように幾たびかの危機を脱してきた。その朝、手洗いに立ったわずかの間に呼吸不全を起こし、誰にも看取られずに身罷《みまか》ったのだった。友二への訃報は草間時彦からもたらされたが、その低く押し殺した声が伝える事実に、総身の凍りつくような衝撃を受けたのだった。〈嗚呼〉は魂から絞り出された声にならぬ声であろう。

二句目からは波郷の亡骸《なきがら》を乗せた車が、落葉の降りしく枯木道をゆっくりと走りゆく光景が思われる。武蔵野の冬の日が黄落を明るく照らしているものだろうか。三句目は波郷を識る人ならきっと〈綿虫やそこは屍の出でゆく門　波郷〉を思い出すことだろう。当時の結核療養所では、毎日のように患者が死んだというが、その屍は裏門から運び出された。波郷はあそこからは出たくないと語っていたそうだ。死というものの現実を見据え、なお畏友の無念を思い遣っている句と言えようか。

椿好きの波郷は百椿居と名乗るほど、多くの珍しい椿を庭に植えて愉しんだ。その遺愛の椿はまだ咲かず、五七忌に馳《は》せ参じた連衆は、掃き集めた落葉に火を付けて暖をとりながら、しみじみと師をしのんだのであろう。むろん友二もその一人だった。

納骨の行われた百ヶ日は紅梅に春の雪の降る日であった。寂寥感をにじませながら句の上でどこか明るさの感じられるのは、百日という時間の功徳と見てよい。

波郷、友二の親交が深まったのは「鶴」の創刊以降であることは述べたとおりだが、手元にある復刻された「鶴」九月号を見ると、「樹氷林・馬合併記念号」とあるだけで、創刊号の文字はない。誌上に名前を知る人では波郷、友二、志摩芳次郎などがある。筆者の会ったことのある俳人は友二以外には田中午次郎のみであるが、午次郎は「樹氷林」から参加してきたという。その号に「山断片」と題する若々しい作品を発表している。

友二と午次郎は年齢も近く、初めからウマが合ったらしく、何でも話せるよき相談相手として、生涯強い信頼関係で結ばれていた。友二句集『光塵』には、〈寒鯉やむら膽据て水の底〉という句が見えるが、これは友二夫人が初めての子を身ごもったとき、力をつけよと言って目の下一尺もある寒鯉をもたらされたことへの謝意を表した句である由。ほのぼのとした友情の感じられる句である。

午次郎は「馬酔木」同人としても活躍したが、昭和二十三年、「鴫《しぎ》」を創刊主宰。気風《きっぷ》のよい偉丈夫というべき人物で、そこに居るだけで存在感のある俳人であった。その午次郎の思いがけない訃に接した折の友二の句。

二月二十五日午次郎死す

その視線外套の背にせし別れ　　友二
梅寒し午次郎佛肯んぜず
うつし絵の寒さ空しさまざとかな
榾さながら炎立ち戻りぬああ午次郎
泪して骨箸挟む余寒かな

昭和四十八年の作。二日前に病院へ見舞ったときは、すこぶる元気で、手術の成功を疑わずに別れてきたのだという。今になってあれが別れの眼差しだったのかと思い出して悲しみにふけるのだ。葬儀の場にあっても、火葬の場に立ち会っても、その死が信じられないのであろう。純粋無垢な友情の感じられる悼句である。

友二は病床の波郷に代わって全国の鶴支部を訪ねて、交流を図り指導に専念した。波郷没後、主宰を継いだあとも変わらず、全国各地に招かれていった。そのふれあいが鶴連衆の絆を深く浸透させたといってよく、筆者なども一年に一度の出会いの機会を待ち望んだものである。以下に、連衆の死に遭遇し弔意を捧げた句を挙げる。

朝顔の雨や款冬翁逝けり
朝顔や徹底紺の生の涯

藤原款冬氏は国東《くにさき》の人。篤実な人柄が信頼を集めた。

久夫忌の紅葉照るなり小田原は
落葉降る久夫が墓も積みつあらむ

小田原の山中にて自死した香取久夫の一年の周忌の句。

こと死すとひたひた若葉泣かす雨

嬉しいと言って泣き、悲しいと言って泣いたという簾こと。

総彦は死にき巷に降る木の葉

「鶴」発行所をつとめた眼科医森総彦は癌で逝った。

午祭り待たで絵馬師や雪佛

追儺会の絵馬寿忌ぞ忘れめや

東京に一軒残る絵馬師、絵馬寿。一刻な人だったという。

蝶卍末次雨城亡かりけり

雨城忌や若葉眩しむばかりにて

雨城亡き座やしみじみと昼蛙

雨城は鳥取県中山町町長。秀野句碑建立に尽力した人。

ふさを夫人新盆となり給ひしか

山下ふさをの一代記は水上勉のそれにひけをとらない。

うつつのヨに夾竹桃を映せども

鎌倉の自邸の部屋を貸してくれた大恩人林浩への悼句。

忘れめや秩父皆野の鵙日和

上京した波郷を下宿に住まわせた牛山一庭人もまた。

呆然と散り敷く落葉見遣るのみ

陸奥の人栗田九霄子も友二の信頼厚い人だった。

みよ治汝が初七日のその梅雨のあめ

当たり屋みよ治などと逸話の残る本土みよ治への惜別。

クリスマスイブてふ空に素雁佛

同郷の人山田素雁には特別の思いがあったようだ。

磯釣にちよと出かくかに逝かれしと

新如峯翁の飄然とした風貌が思い出される一句。

買驢居士あはれ八十八夜にて

猿丸太夫所縁の猿丸買驢は豪放磊落《らいらく》。友二をよく支えた。

目につくところを挙げたが、鶴連衆との縁をこのように大切に思われていたかと、師と仰ぐことのありがたさをいまさらのように思う。

『玉縄抄以後』を読む

昭和六十年（一九八五）というのは、石塚友二が現世で過ごした最後の一年間であった。「鶴」昭和六十年十一月号は、四十四年に亡くなった石田波郷の十七回忌追悼特集号だったが、その号の「日遣番匠」（三百三十八回）に友二は、「九月」と題して、石塚家の夫人と子息と自分自身が九月生まれであることを書き出しに一文を草している。その冒頭の部分を書き抜くと、

十九日は息子の、二十日は私の、そして
九月かな五日は妻の誕生日

その翌日の、今日は六日。「日差しゐて秋の鳴神音ばかり」、かういふ句を手帖に書きこんだやうな空模様の日で、妻は、朝から何となくそはそはしてゐるらしく感じられたが、正午少し過ぎ、私の昼食の用意を整へ終ると、何やら両手に紙袋をぶら下げながら、

いそいそと出かけて行つた。「渡辺さんと、館野さんとが、私の誕生祝ひをして下さるつて、どうしてもきかないので、」と、四五日前からこの日のことは知らされてゐたので、私は黙つて妻を送り出したわけだが、妻の日曜百姓友達の渡辺未亡人、館野夫人のお二人は、どちらも妻より大分年下で、その人達からの誕生祝の御招待とあつて、妻の恐縮ぶりも一方ならぬものがあつたやうだ。

彼女は、昨日、七十歳の誕生日を迎へたのであつた。

というもので、永い歳月をともに歩んできた夫婦の情愛の感じられる文章である。

この先に幾春秋ぞ丑の春

右の句は、その年の友二の新春詠である。二年前の昭和五十八年の初夏、友二は突然不可解な病気に襲われ、生まれて初めて入院生活というものを経験した。ようやく小康を得たものの、それ以来、老いゆくわが身のことや、健康への不安を拭い去ることはできなかったであろう。あとどれくらい生きられるのだろう。ある年齢に達したものが等しく抱く思いといってよい。

それだけに傍らにいる妻が無事に古稀を迎え、しかもそれを祝ってくれる親しい友人のいることを知り、妻のために祝福したいという思いは強かったに違いない。〈九月かな〉の句には、友二の万感の思いがにじみ出ているように思う。

二年前の初夏に起きた、生まれて初めての入院騒ぎというのは、すでに触れたが、進行した糖尿病からくる昏睡の発症がそもそもの始まりだった。そのうえに長年気づかずにいた背中の大きな癰の治療が加わり、百余日にもおよぶ病院生活を余儀なくされた、そのことを指している。

その入院生活を含む友二の最晩年の作品は、昭和六十二年に出た『玉縄抄以後』、つまり遺句集に載ることになったが、先の「九月」と題して「日遣番匠」に書いた、その後半年も経たずに彼の世へ旅立つことになろうとは、誰が予想したであろうか。

ちなみに、『玉縄抄以後』に先行する『玉縄抄』は友二の第七句集で、昭和六十年八月、四季出版から刊行された、瀟洒な装幀の軽装版の句集で、収録年次は昭和五十一年から五十三年。当時、友二は医師から軽い糖尿病を指摘されてはいたが、病気の自覚のなかったころの作品で構成されている。

『玉縄抄以後』は昭和六十二年二月、一周忌を迎えるにあたって上梓《じょうし》された友二の第八句集である。

編集は友二以後の「鶴」主宰を継承した星野麥丘人があたり、また友二にゆかりの深かった古参の同人が報恩の思いでそれを助けた。所収の九百余句はその意味で一句たりとも疎かにできぬ重みがあるといってよいだろう。

本集収録の時期は、昭和五十四年友二七十三歳の歳旦から、昭和六十一年二月の命終《みようじゆう》までの間だが、私小説作家として出発した友二の行きついた晩年の境地を余すことなく詠い上げ、人が生きるということはどういうことなのかを、誠実にしかし含羞をもって示した一家集という印象をまず受ける。本集を繙《ひもと》き、前半目につくのはなんといっても旅吟の多いことである。各地の「鶴」支部から指導を要請され、それに応じて出かけた結果ではあるが、友二俳句の一側面をなしていると見てよいだろう。温厚で庶民的な友二は誰からも愛され、地方の会員は友二の来訪を待ちわびたものである。

北海道行

後志の江ノ島といふ若葉宿

仙台行

宮城野の白萩荘や明易き

高野山行

水無月の高野の重ね蒲団かな

西三河足助行

参州も信濃境やきりぎりす

新潟行
稔田を裳裾に霧らひ国上山

国東行
国東のほとけの里の小春かな

土佐宿毛
南国の土佐も宿毛やお茶の花

右に掲げた俳句は、すべて五十四年度の旅の成果である。七十歳を過ぎた友二の、北海道から九州までの精力的な足取りをみて、その情熱にあらためて驚きと敬意を抱く。

友二の俳句の旅は、概《おおむ》ねこの規模で行われた。波郷が病臥していたころ、「鶴」会員の結束を図るために波郷に代わって全国の連衆を訪ねて歩いたが、その使命感のうえに生来の旅好きと、人懐っこい性格が加わり、興味深い旅の俳句の世界を形成しているように思う。

紀の国へい行く旅にぞ秋の雨
溶け合へる紀淡の潮や雲の秋
鳥鳴いて加太の淡島秋澄めり

そのなかでも忘れられないのは、最後の遠出となった関西への旅である。昭和六十年十月、紀州雑賀崎で関西支部の鍛錬会が行われた。前年、奈良で開かれた全国鍛錬会に西下されたばかりだったので、来駕《らいが》が危ぶまれたが、幸い実現し、紀三井寺、和歌浦、雑賀崎などの吟行のお伴をした。雨風の荒れ模様の日だったが、薄くなった師の肩のあたりが強い風に吹かれるのを見て、やはり強行軍ではなかったかと、申し訳なく思ったことが思い出される。

三月十一日

妻が云へり今朝の初音を聴かずやと

七月十八日、妻は昨日聴きしと

夕まけて初蜩の十声ほど

本集に、夫人を詠んだ句が多いことも特色の一つだろう。前の句は昭和五十七年、後の句は五十九年の作。「初音」や「初蜩」のように極やかな季節感をもつ季物が、日常生活の一事象として夫婦の会話のなかに登場することに大きな興味をもつ。

言うまでもなく、二句とも妻の発話に取材したものだが、俳句をしない妻が先に初音を聴き、初蜩に心を愉しませているのである。長らく生活を共にして老境を迎えた夫婦の機微が、温かく、哀しく、そして可笑《おか》しく、まるで小説の一場面を見るように描き出されているのを、集中に読みあてるのも愉しい。

石田波郷は、友二の俳句を評して、一編の短篇小説を書くように俳句を作る、というようなことを言っていたが、横光利一門下にあって、私小説作家として散文の世界を志した友二が、ここまで俳句に取りつかれた訳は何だったのだろうか。ここに、自解めいた一文があるので引用させていただく。昭和五十三年十月七日より、四回にわたって毎日新聞紙上に発表された「わたしと俳句」の一節である。

（前略）きれいな言葉を連ねて、上品に仕立てあげるといった才能の持ち合せ等は初めから無かったが、されぱと言って、つかみかけた自己表現の手掛りをなげうつ気になれなかった。ずるずると俳句の魅力というか、或いは魔力とでもいうものに取り憑かれてしまったと言ってよいのかも知れなかった。もともとは散文指向で、従って、その表現の場としての俳句は考えても見なかったのであったが、ふとした機会から、十全とは行かないにしろ、ある程度まで俳句で自己表現が可能であり、また場合の如何によっては、散文に勝る効果を発揮することすらあり得る、ということを知るとともに、手っ取り早く完結するこの表現手段が重宝至極なものとして考えられ出したのであった。（中略）

余人は知らず、私が俳句を作り続けていることの意味をいうならば、今日、只今を生きている命をあかしすることであって、それがどのように真善美に繋がって行くかは、看る人のこころごころに委ねるばかりである。（後略）

長い引用になったが、あくまでも私小説作家に心を置きながら、俳句の魅力に抗しきれなかった友二の、俳句表現への真率な思いが見られると言ってよい。「私が俳句を作り続けていることの意味をいうならば、今日、只今を生きている命をあかしすることであ」るというくだりは、すでに昭和十五年発行の第一句集『方寸虚実』の後書に、「私の俳句は日々の私の生活の記録であつて、そしてそれで一切である」と書いたことと寸分違《たが》わず、われわれは作品に表れた一切をもって石塚友二という俳人を読み取ればいいのだとあらためて思わされる。

左は本集最後の五句。昭和六十一年二月八日、つまり友二命終の日の「毎日新聞」朝刊に掲載されたものである。

段丘の黒く厳《こご》しき朝の雲

遠き近き寒林とまた丘流と

遠き寒林一眼はきと写しをり

段丘の断崖のその冬の竹

寒林にをりをり飛んで海の鷗《ごめ》

あとがき

「石塚友二について書いてみませんか」と、当時の「俳句研究」の編集長だった石井隆司氏から、執筆のお誘いをいただいたのは、平成十八年のことでした。

昭和四十四年に石田波郷が逝き、その後の「鶴」を継いだ石塚友二も昭和六十一年に逝きました。そのとき以来、すでに二十年の月日が経っていたことに気づき、慌てました。改めて師への忘恩の思いに苛《さいな》まれたことを思い出します。

タイトルは、「師から弟子へと、法を次第に伝えていくこと」という意味の仏教語の「師資相承」に決まりました。厳めしい題に躊躇《ちゅうちょ》するものがありましたが、師の人と作品の思い出をどこから書き始めてもよい、という勧誘にうかと乗ってしまったのが、そもそもの始まりでした。

当初は友二を主に語るはずでしたが、波郷と友二の間柄は車の両輪に譬《たと》えられているとおり分かちがたく、結局二人の師を語ることになりました。

連載は、「俳句研究」平成十八年七月号から始まり、季刊に移行した「俳句研究」の休刊号となった、平成二十三年の［秋の号］まで、二十九回に及びました。

師の教えをどこまで伝えることができたか、思えば心許ないことですが、「相承」の力を恃《たの》むしかありません。

本書はその連載稿をまとめたものですが、角川『俳句』の白井奈津子編集長と大蔵敏氏に、煩雑な編集の一切のお手を煩わせました。

お世話になった多くの方々共々、厚く御礼申し上げます。

平成三十年　立春の日に

大石悦子

著者略歴

大石悦子（おおいし えつこ）

昭和13年　京都府舞鶴市生まれ。
昭和29年　作句開始。「鶴」入会。
　　　　　石田波郷、石塚友二、星野麥丘人に師事。
昭和55年度「鶴」俳句賞受賞。
昭和59年　第30回角川俳句賞受賞。

現在、俳人協会名誉会員　日本文藝家協会会員。
「鶴」「紫薇」同人。

句集に『群萌』（第10回俳人協会新人賞受賞）『聞香』『百花』『耶々』（第5回俳句四季大賞受賞）『有情』（第53回俳人協会賞受賞）『季語別大石悦子句集』。著書に『旬の菜時記』（朝日新書／宇多喜代子、茨木和生との共著）がある。

現住所　〒569-1047　大阪府高槻市大和1-14-9

師資相承《ししそうしょう》　石田波郷《いしだはきょう》と石塚友二《いしづかともじ》

初版発行　2018（平成30）年3月5日

著　者　大石悦子
発行者　宍戸健司
発　行　一般財団法人 角川文化振興財団
〒102-0071　東京都千代田区富士見1-12-15
電話03-5215-7819
http://www.kadokawa-zaidan.or.jp/
発　売　株式会社 KADOKAWA
〒102-8177　東京都千代田区富士見2-13-3
電話0570-002-301（カスタマーサポート・ナビダイヤル）
受付時間　11:00 〜 17:00（土日 祝日 年末年始を除く）
https://www.kadokawa.co.jp/
印刷製本　中央精版印刷株式会社
編集協力　大蔵 敏